대성
臺城

강 위에 비 흩뿌리고 강가의 풀은 가지런한데
육조의 영화는 꿈과 같고 새만 부질없이 울고 있다
무정한 것은 궁성에 늘어진 버드나무이건만
변함없이 연기처럼 십리 제방을 감싸고 있다

江雨霏霏江草齊
六朝如夢鳥空啼
無情最是臺城柳
依舊煙籠十里堤

一
葦
是

일위강 6

일륜 新무협 판타지소설

초판 1쇄 찍은 날 § 2006년 7월 20일
초판 1쇄 펴낸 날 § 2006년 7월 27일

지은이 § 일륜
펴낸이 § 서경석

편집장 § 문혜영
편집책임 § 서지현
편집 § 이재권

펴낸곳 § 도서출판 청어람
등록번호 § 제1081-1-89호
등록일자 § 1999. 5. 31
어람번호 § 제2-0960호

주소 § 경기도 부천시 원미구 심곡1동 350-1 남성B/D 3F (우) 420-011
전화 § 032-656-4452   팩스 § 032-656-4453
http://www.chungeoram.com
E-mail § eoram99@chollian.net

ⓒ 일륜, 2006

ISBN 89-251-0221-8 04810
ISBN 89-5831-930-5 (세트)

一葦 正
일윤 新무협 판타지 소설

6
완결

국자는 국 맛을 모른다

이름유강

도서출판 청어람

목차

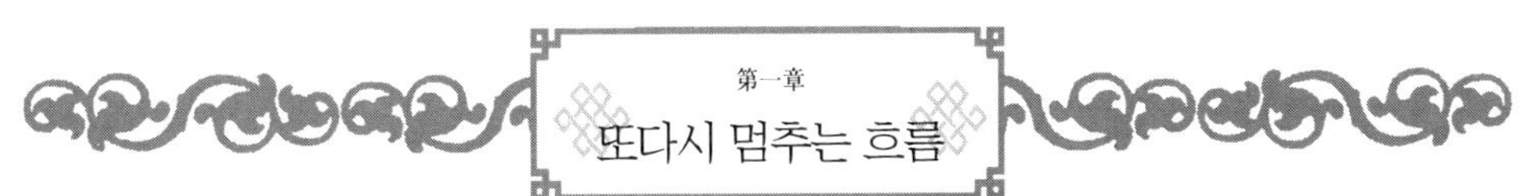

第一章

또다시 멈추는 흐름

악성이 되돌아온 데에는 이유가 있었다.
혹시나 하는 생각 때문이었다.

적무극의 말은 거짓이 아니었으나, 다른 목적이 있어서 마엽의 행적을 알려줬을지도 모른다는 생각이 든 것이다.

동굴 안은 악성이 떠날 때와 똑같았다, 거대한 중앙 석단과 시체 한 구를 제외하고는.

'……?'

시체의 위치는 그대로였으나, 뭔가 이상했다.

발룩천존은 거대한 골격에 뼈만 앙상하게 남아 있었다.

'사량겁화공인가?'

그 외에는 달리 설명할 길이 없었다.

꺼름칙한 느낌에 다가서려던 동작을 멈추고 주변을 돌아봤다.

그때, 바로 뒤에서 추성의 놀란 목소리가 들렸다.

"발륵천존?"

곧장 따라온 모양이다.

"저자를 본 적이 있습니까?"

추성의 표정이 꽤나 심각해졌다.

"서장에선 신으로 불리는 금불(金佛)의 수석제자다. 이자가 왜 여기서 죽어 있지?"

'신으로 불리는?'

발륵천존보다 강하다는 뜻이리라.

이미 발륵천존과 싸워본 악성이기에 대수롭지 않게 되물었다.

"사부란 자는 강합니까?"

추성은 피식 웃으며 고개를 저었다.

"누군지 몰라도 곤란한 짓을 했어."

악성은 적무극을 떠올리며 추성의 말을 부정했다.

"상대가 안 좋은 건 아마도 금불이란 사람이겠지요. 저자를 죽인 사람은 적무극이란 자입니다. 바로 혈왕이지요."

"금불과 만난 적이 있다."

너무 담담한 대답.

악성의 의외라는 듯이 쳐다봤다.

"금불을 만난 지 칠십 년쯤 된 것 같군. 그때 이미 백 년을 살았다고 들었다. 지금까지 살아 있으니, 나이가 백칠십인가? 그의 내공이 어느 정도일 것 같으냐?"

"내공? 갑자기 왜 내공에 대한 얘기가 나오죠?"

"내공이 곧 그의 힘을 나타내니까."

“우습군요. 내공이 높으면 무공도 강한 겁니까?”

“파하하하!”

“……?”

어이없어 하는 추성의 생각이 웃음에 그대로 묻어났다.

급기야는 바라보기만 하는 악성에게 화를 내기 시작했다.

“지금 나를 놀리느냐? 물론, 내공의 경지가 어느 정도 올라가면 더 이상 늘어나지 않는다. 하나 그건 거기서 멈췄을 때 애기지. 그 한계를 넘어서면 내공은 갑자기 엄청나게 늘어나, 오히려 젊어지게 된다. 반로환동(返老還童)의 경지가 그것이다.”

“겨우 그것 때문에 사람을 죽인단 말입니까?”

“겨, 겨우?”

추성의 입장에서는 황당할지 몰라도 악성의 기준으로는 당연한 말이었다. 더구나 금불이란 자 역시 내공을 높이기 위해 사람을 해쳤을 테니, 당연히 무시하는 말이 나온 것이다.

그러나 추성은 거기까지 생각할 여유가 없었다.

이미 한마디가 머릿속을 울리고 있었기 때문이다.

심장이 빠르게 쿵쾅거렸다.

쿵쿵쿵―

쉽게 감정의 기복을 드러내지 않는다고 자신하는 그였으나, 지금은 어쩔 수가 없었다.

악성을 노려보며 큰 소리로 외쳤다.

“지금 뭐라고 했느냐, 겨우? 겨우라고 했느냐!”

내공이 뒷받침되지 않는 무공이 있을 리 없잖은가.

“네 말대로라면, 내공은 무공을 익히는데 필요하지 않겠구나?”

그렇다고 하면 당장 도라도 뽑아 들 기세였다.

악성은 인상을 쓰며 또박또박 대답했다.

"반은 맞고, 반은 틀립니다. 물론, 저는 무공이 내공만으로 높아지진 않는다고 생각합니다. 하지만 추 대협과 같이 내공을 익히신 분들의 경우라면 다르겠지요."

"내공이 아니면?"

이번엔 악성도 지지 않고 소리쳤다.

"원리입니다!"

무슨 잘못을 했다고 추궁을 당한다는 말인가.

그러나 소리친 것이 또다시 추성의 속을 긁어놓았다.

"원리? 하! 말도 안 되는 소리는 하지도 마라."

"말이 왜 안 됩니까? 됩니다."

"원리만으로 어떻게 내공을 지닌 사람을 이길 수 있다는 거지? 괴변이다."

악성은 부아가 치미는 속을 다스렸다.

"이미 보셨잖습니까."

"뭐? 언제?"

대답을 하면서 악성과 만났던 며칠 전의 상황이 떠올랐으나, 추성은 자신의 생각 자체를 부정하려는 걸 감추기 위해 악성의 눈을 똑바로 쳐다봤다.

지레짐작이리라.

분명히 비웃고 있는 것처럼 보였다.

"그, 그때는 내공의 삼 할도 사용하지 않았다."

"보긴 하셨군요. 모두 사용하셨어도 마찬가지였을 겁니다."

"이이! 뭐냐, 그토록 자신하는 원리가 뭐냐!"

"일위강의 원리입니다."

"일위강? 그럼… 강기?"

강기를 내공도 없이 만든다는 소린 들어본 적도 없었다. 뿐만 아니라 알고 있는 삼황과 삼선의 무공 중에도 그런 이론 따위는 존재하지 않았다.

"그런 무공은 들은 적 없다. 내공도 없이 만들어내는 강기 따위가 존재할 리 없어!"

안 믿으려고 하는 것이다.

악성은 이전의 만남을 강조했다.

"전 이미 확인시켜 드렸습니다."

"아니! 그런 적 없다."

"……!"

말을 마친 추성이 눈을 부릅뜬 채로 여의무적도를 꺼내는 시늉을 했다. 그러자 주위에서 '팍!' 하는 소리와 함께 그의 기세를 견디지 못한 벽면에서 먼지가 떨어져 내렸다.

푸스스―

사방에 날카로운 무기에 긁힌 자국들이 선명히 드러났다.

악성에게 보여주기 위한 일종의 과시였다.

이 정도나 되는 내공을 어찌 상대하겠냐는 듯, 성난 표정도 잊지 않았다.

묘한 충동이 악성의 심장을 두드렸다.

쿵. 쿵. 쿵.

의도하진 않았으나, 순간적으로 느껴지는 추성의 힘이 대단했기 때문이다.

모용린을 만난 후부터 시험해 보고 싶은 욕구가 다시금 슬며시 고개를 들었다, 그 힘을 추성이 받아낼지 못 받아낼지는 미지수지만.

"후회하실 겁니다."

"갈!"

추성은 폭발하고 말았다.

격렬한 감정이 그의 두 눈에서 뿜어져 나왔고, 그 눈만큼이나 강한 기세가 주위로 퍼져 나왔다.

그러나 정작 쏟아져야 할 공격은 아직 시작되지 않았다.

날개처럼 추성의 등 뒤로 번지는 유형화되는 기들.

슥—

한 걸음이면 벌써 도달했어야 할 거리가 세 걸음이나 움직였음에도 여전히 제자리인 것 같았다.

이전의 악성이라면 분명히 지금이 기회라고 여기고 끊었을 것이다.

흐름이 눈에 보이는데, 끊을 기회를 놓쳐서 고생할 필요는 없잖은가.

하지만 지금은 아니었다. 좀 더 기다렸다가 추성의 힘이 절정에 달했을 때를 기다리기로 했다.

움찔.

피의 순환으로 인해 악성의 몸에 잔경련이 일었다.

그 순간, 추성도 마찬가지의 충동을 느낀 모양이다.

뒤쪽으로 번진 힘을 일제히 여의무적도에 모으려 어깨를 내렸으나, 곧 원래의 자세로 되돌아갔다.

덕분에 동굴 내부는 엉망이 됐다.

진동으로 휘청거렸고, 외부로 나가는 구멍들이 기세를 감당하지 못하고 피리 소리를 냈다.

피이이— 피이—

추성의 볼살이 떨렸다.

언제든 여의무적결(如意無敵訣)을 펼칠 준비는 끝났다.

이번에는 실수하지 않으리라.

실수는 한 번으로 족한 것이다.

'이것이 내공의 힘이다.'

과우웅—!

추성의 등 뒤에서 거대한 기운이 해일처럼 일어났다.

넓게 퍼지던 기는 빠르게 좁아지며 여의무적도를 감쌌다.

눈이라도 달렸던가?

큐왓—

"……!"

악성은 여의무적도가 알아서 공격해 오는 모습에 깜짝 놀라 뒤로 한 걸음 물러섰다.

직접 경험한 여의대류참이나, 무혼이 당했던 여의대류풍과는 완전히 다른 형태의 공격이었다. 유형화된 강기가 독자적으로 움직이는데도 강기의 폭풍이 확확 느껴졌다.

"이것이 이기어도인가요?"

슷—

악성을 향해 일직선으로 날아가던 여의무적도가 거둬졌다.

"바로 맞혔다. 내공이 있어야 가능한 경지다."

"좋군요."

악성은 말을 마치고는 활짝 웃었다.

"좋다고? 푸하하하! 겨우 좋다고? 어디 이번에도……."

악성이 추성의 말을 잘랐다.

"첫 공격에서 이기어도를 펼쳤다는 것은, 더한 공격도 가능하다는 뜻으로 받아들이겠습니다."

"해볼 테면 해보라는 뜻이냐?"

"마음대로 해석하십시오. 그러나 최선을 다해야 할 겁니다. 어떠한 형태의 무공이든지 잘라내 버릴 테니까."

"……!"

한마디 말에 지날 수도 있다.

그러나 추성은 자신도 모르게 내공을 더욱 끌어올렸다.

'불끈!' 솟는 힘줄에 내공이 착착 알아서 감긴다. 이제 곧 쏟아낼 내공이라면 악성은 감당하지 못하리라.

막을 수 있다면 막아봐라!

제어시키던 여의무적도의 끈을 놓았을 뿐만 아니라, 우연히 막았을 경우를 대비해 두 번째 공격을 준비했다.

그러나,

쿠콰콰―!

격렬한 폭음이 터진 곳은 엉뚱하게도 악성의 양쪽 벽이었다.

"막았다고……!"

왼손에 묵빛 검을 쥔 악성이 멀쩡한 모습으로 바라보고 있었다.

유형화된 검.

분명히 강기였다. 하지만 묵빛 검에서는 어떠한 예기도 느껴지지 않았다.

‘내공을 익히지 않은 것이 사실인가? 그렇다면 저 손에 들린 검강체는 어떻게 설명하지?’

순간적으로 일으킨 힘이라면 금제 때문에 봉인된 힘이라고 여길 수 있었다. 하지만 한순간이 아니라, 계속해서 그 힘을 유지한다면 얘기는 달라진다.

내공을 익힌 적이 없다는 말이 거짓이 아니라면, 추성으로서는 악성을 벌할 명분이 사라진다. 지금까지 그가 지켜온 철칙이 한순간에 무너지는 것이다.

그는 연이은 공격을 멈추고 기를 수습했다.

조금 전에 공격한 추성의 이기어검은 충분히 위력적이었다.

그러나 그것만으로는 부족했다. 아니, 조금 전의 공격보다 배는 강한 공격이 필요했다.

악성이 실망한 듯한 표정으로 한마디 툭 던졌다.

“생각해 보니 안 되겠던가요?”

“……!”

“말했잖습니까, 굳이 확인해 볼 필요 없다고.”

“파하하! 건방을 떠는구나. 너무 과하게 공격하는 것 같아서 그만두었을 뿐이다.”

“과한 공격? 풋! 우습군요.”

“무슨 뜻이냐?”

“안 될 것 같으니까 물러선 것 아닌가요?”

“…….”

격하게 일어나야 할 추성의 기세가 잠잠했다.

이를 악문 추성의 입가는 열릴 줄 모르고 침묵을 지켰다.

과했던 모양이다.

침중한 얼굴의 추성을 보며 악성은 이내 낮게 한숨을 내쉬고는 사과하려 입을 열었다.

"추……."

"거짓말을 한다고 여겼다."

"예?"

"네 몸에서는 진기라고는 전혀 느껴지지 않는다. 내공을 익히지 않았다는 말이 사실일지도 모른다고 여겨서 그만두려 했다. 내 상식으로는 내공없이 강기 무공을 사용할 수 있다는 것 자체가 믿을 수 없는 일이기 때문이다."

"……!"

악성은 그만두려 했던 마음을 거두고 다시 한 번 추성의 자존심을 건드렸다.

"제가 말씀드렸잖습니까, 무공이 아닌 원리를 익혔다고. 따로 분리할 필요는 없지만, 추 대협이 고집을 부려서 어쩔 수 없이 보여 드린 것뿐입니다. 이젠 믿으시겠습니까?"

"네가 말하는 원리에 대해 궁금해졌다."

"글쎄요, 제가 익힌 원리를 몇 마디로 표현하기는 힘이 드는데요?"

"말은 필요없겠지."

악성은 활짝 웃으며 기대에 찬 눈으로 추성을 주시하며 그가 듣고 싶어하는 말을 꺼냈다.

"조금 전에 펼친 것보다 강한. 추 대협이 말씀하신, 이전의 힘 이상을 보여주시면 자연히 알게 되실 겁니다."

추성은 절로 웃음이 나왔다.

"후후후."

탈, 동, 운, 천의 네 단계를 모두 거친 후에 도달할 수 있는 경지란 오직 한 가지뿐이다, 네 단계 모두 천의 단계를 뛰어넘은 힘을 실을 수 있다는.

꺼지려던 불꽃이 다시 일어났다, 이전보다 더욱 크고 더욱 강렬하게.

"후회하게 될 게다."

악성은 추성의 몸에서 일어나는 변화를 보고 다시 한 번 웃었다.

무무환에서 일어난 묵빛 검강체가 조금 더 부풀어 오르는 것과 동시에 추성의 뒤쪽에만 한정되어 있던 기세가 점차 넓어지며 사방으로 뻗어나갔다.

푸퍼버벅―!

긁히고 터지는 소리들과 함께 동굴 천장이 서서히 무너지기 시작했다. 그러나 떨어지는 돌 부스러기들은 추성이 만들어낸 공간에 부딪치기 무섭게 먼지가 되었다.

악성은 모용린 앞에서 서기 직전의 상태를 떠올리며 곧 쏟아질 추성의 공격을 향해 똑바로 마주 섰다.

쿠쾅―!

여의무적도를 쳐올렸고, 이어진 굵은 기둥과 같은 힘을 향해 검강체를 휘둘렀다.

가만히 있을 때는 그저 멈춰 있는 힘일 뿐인 검강체가, 악성이 움직이자마자 무섭게 얇아지며 추성의 기운을 그대로 잘라 버렸다.

스걱―

면도칼에 손가락이 베인 느낌.

추성은 곧바로 대응을 하려다 아직 공격이 끝나지 않았다는 것을 떠올리고 모든 힘을 한쪽으로 옮기려 했다.

'헛!'

그러나 이게 무슨 일인가.

진기를 거두었으나, 거둬지기는커녕 오히려 당혹감 때문에 다른 공격까지 흔들리고 말았다.

검강체를 휘두른 탓에 악성의 신형이 한쪽으로 기울어진 이 좋은 기회를 무산시키고 만 것이다.

최대한 당황한 표정을 드러내지 않고 허공으로 치솟은 여의무적도를 당기는 시늉을 했다.

슝—

빠르게 다가오는 여의무적도를 잡을 찰나, 추성이 갑자기 허공으로 떠오르며 여의무적도의 뒤를 따라 무섭게 움직였다.

악성은 갑작스런 변화에, 다가오는 공격과 무관하게 다른 공격을 준비하는 모습을 보며 감탄했다.

"아!"

반대쪽으로 기울어졌던 몸을 원래대로 만들며 다가오는 거대한 내공 덩어리로 된 기둥을 잘랐다.

쩌— 륵—!

이전보다 더 강한 힘을 사용했으니 잘리지 않을 리가 없었다.

똑바로 신형을 고정시킨 악성은 추성을 찾아 시선을 들어올렸다.

쿠콰콰콰—!

추성이 다가오는 것만으로도 얼마나 많은 힘을 집중시켰는지 여실히 느껴졌다.

'일위강이 자르지 못할 진기는 없다. 단지, 어떻게 자를까에 대한 고민만이 있을 뿐.'

악성은 이미 자를 수 '있다, 없다' 에 관한 고민에서 떠나 있었다. 오로지 자를 수 있다는 가정하에서 선택을 고민할 뿐이다.

당연히 마음이 편해졌다.

더구나 추성의 공격은 결코 약하지 않았으나, 모용린의 공격에 비할 바는 아니었다. 아니, 비교 자체가 어불성설이라 여겨질 정도였다.

추성은 내공의 극을 보여주겠다고 했지만, 풍호를 상대할 때의 존재감 이상은 느껴지지 않았다.

악성은 웃으며 허공을 맴도는 그를 향해 웃어주었다.

씨익.

"……!"

악성의 웃음이 '언제든 오시오' 라는 뜻임을 왜 모르겠는가.

땅과 나란히 날아가던 그의 신형이 갑자기 멈추며 무서운 속도로 떨어져 내렸다.

쾌엑—

퍼져 있는 기를 흡수하여 응축시켰기 때문에 이전의 공격과 비교하면 오히려 약해 보이나, 지금의 공격이야말로 추성이 펼칠 수 있는 최고의 힘이었다.

악성은 힘껏 검강체를 들어올리며 심장을 통해 전달되는 모든 힘을 손으로 이동시켰다.

이 정도라면 충분하리라.

빠르고 간결하게 추성의 내공을 잘라갔다.

쾅—!

'콰앙?

추성의 내공이 잘리기는커녕, 오히려 무지막지한 충격과 함께 악성은 격한 신음을 흘리고 말았다.

"컥!"

심장에서 손까지 이어지던 피의 순환이… 또 멈췄다.

마치 빠르게 회전하는 팽이를 일부러 멈추게 한 것처럼, 모든 회전력을 팽이가 감당해야 하는 것처럼, 그렇게 멈춰 버렸다. 밖으로 나갔어야 하는 힘이 고스란히 악성의 몸으로 되돌아왔다.

"푸학—!"

몸 안에서 지르는 비명이 비릿한 혈향으로 변하며 목구멍으로 넘어왔다. 그나마 다행이라고 여겨야 하는 것은, 추성의 공격을 막았다는 것 정도?

악성은 넋을 잃은 표정으로 추성을 쳐다봤다.

전신에 힘이 하나도 남아 있지 않았다.

그러나 바라본 추성의 얼굴은 악성의 표정과는 비교도 할 수 없을 만큼 구겨져 있었다.

이기어검에 이어 어검술 초입까지 펼치고도 악성을 죽이지 못한 것이다.

허탈함이 그의 얼굴에서 시작돼, 전신으로 흘러내리고 있었다.

입가로 흘러나온 악성의 모습을 보며 중얼거렸다.

"겨우 내부가 진탕되는 충격이 전부란 말인가……."

깊은 한숨이 허탈함과 함께 입에서 빠져나왔다.

“하… 아……”

＊　　　＊　　　＊

땅—!

경쾌한 금음이 사망적혈전 주위를 울렸다.

북궁운혜의 일곱 번째 금음이 튕겨진 것이다.

그로 인해 벌어진 현상은 먼저 거대한 폭음이 혼원경의 좌측에서 시작됐다.

쿠쾅—!

“헉! 모두 물러서라!”

혼원경의 외침이 채 끝나기도 전에, 폭발은 어느새 커다란 원의 형태로 주위를 쓸어갔다.

걸리는 것은 땅이든, 사람이든 가차없이 날려 버렸다.

쿠콰콰콰콰—!

장난스럽게 튕긴 음이 이토록 가공할 줄이야.

“대단하군요.”

“흥.”

위지무의 감탄 섞인 말에 제제는 코웃음 치고 말았으나, 속으로는 은근히 놀라고 있었다.

‘내가 천마십이수를 극성으로 펼치면서 느꼈던 것을 눈으로 직접 보는 것 같다. 저 여우가 나와 비슷한 경지에 올랐단 말이군. 칫. 마음에 안 들어.’

“주모님, 도대체 어떻게 해야 저런 위력이 나오죠?”

위지무는 고개까지 갸웃거렸다.

"몰라!"

"……."

제제가 화를 내는 바람에 위지무는 입을 다물었으나, 속으로는 계속해서 감탄하고 있었다.

'북궁 소저의 저 모습… 마치 어떤 수법을 펼쳐도 일곱 번째 음을 튕길 때와 똑같은 위력을 낼 수 있다고 하는 것 같다. 멋있네. 그것 참.'

제제는 소수를 완성할 때를 떠올리며 몸을 긴장시켰다.

확인하고 싶어 근질거리는 생각을 위지무에게 풀었다.

"위지무, 저 여시, 예전보다 더 세진 것 같지 않아?"

"그런 것 같은데요. 헤헤헤."

"뭐가 좋아서 헤헤거려? 저 여시가 아무리 세졌어도 내가 나서면 더 빨리 끝낼 수 있어. 홍! 저 정도는 벌써 끝냈어야지. 안 그래, 위지무?"

위지무는 숨 돌릴 새도 없이 대답했다.

"그, 그럼요. 당연합니다! 제가 나섰어도 벌써 끝장났을 놈들이니, 주모님이 나서시면… 에이, 더 이상 말할 것도 없습니다. 헤헤헤."

"말은……."

고개를 돌리는 제제의 입가에 옅은 미소가 얹혀졌다.

위지무는 다행이라 여기고 북궁운혜를 돌아봤다.

'응? 어딜 보는 거지?

북궁운혜의 시선은 칠현금쇄의 폭풍에 날아가는 혼원경을 보고 있지 않았다. 당연히 나타날 줄 알았던 아리대부인을 기다리는 중이기 때문이다.

그녀는 아직도 모습을 드러내지 않고 있었다.

'언제 나타날 생각이지?'

사망적혈단 정문을 지켜보는 일단의 무리.

아리대부인은 인상을 찌푸렸다.

진의맹을 비우면서까지 데려온 혼원경이 저런 식으로 죽을 줄은 몰랐던 것이다.

'저런 병신……'

사망적혈단을 시작으로 은하련, 마벌까지 모두 처리하기 위해서 데려왔건만 겨우 북궁운혜 한 명도 어쩌지 못하고 나가떨어지는 꼴이란……

'벌써 흑강시들을 써야 하나?'

잔혹문주와 오보절검은 혼원경의 죽음과 함께 한발 뒤로 물러설 태세를 취했다.

아리대부인은 딸, 아리운을 돌아봤다.

"운아, 화룡을 움직여야 할 것 같다."

"까르르. 벌써 화룡이 움직여요? 저 늙은 강시들을 사용하면 더 재미있을 것 같은데요? 그나저나 마 대가는 왜 안 오지? 여기 있다고 말하셨어요?"

"벌써 보고 싶은 게냐?"

아리운은 양손으로 가슴을 한껏 치켜 올리며 다시 한 번 흐드러지게 웃었다.

"까르르. 화룡이 못해주는 걸 해주잖아요."

아리운의 교태를 보고 있던 사람들이 갑자기 엉덩이를 뒤로 빼며 상체를 구부정하게 만들고서 곤혹스런 표정을 지었다.

하체에 힘이 들어간 탓이다.

아리대부인은 아리운의 노골적인 색기가 마음에 드는지 만족스런 웃음을 지었다.

"새로 만든 강시들은 아직 써먹을 때가 아니야."

"알았어요. 화룡보고 다 죽이라고 하죠, 뭐. 한데, 너무 적은 거 아니에요? 한 천 명은 돼야 죽일 맛이 날 텐데."

보기에 백여 명은 족히 넘을 것 같은 인원이 작다는 뜻이다.

"죽일 놈들은 얼마든지 있으니, 아쉬워 마라."

"더 와요?"

"은하련과 마벌 정도면 네가 말한 인원의 몇 배는 되지 않을까?"

"꺄하! 아이, 신나!"

아리운은 좋아서 팔짝 뛰며 화룡의 등을 찰싹하고 때렸다.

곧 벌어질 일을 알기라도 하는 것처럼 화룡의 눈이 불을 뿜어내며 타올랐다.

"가자, 화룡. 까르르르!"

담사우가 땅으로 내려서는 북궁운혜에게 인사를 먼저 건넸다.

"북궁 소저, 감사합니다."

"아니요. 저쪽은 아직 시작도 안 했는데요."

"시작을 안 할지도 모르죠."

북궁운혜는 잠시 생각에 잠긴 듯하다가 고개를 저었다.

"저들은 지금이 아니면 안 된다는 걸 알아요."

"예?"

"현 무림이 그래요. 지금 뭔가를 하지 않으면 곧 들이닥칠 폭풍에 휩쓸리고 만다는⋯⋯."

"⋯⋯."

담사우도 뭔가를 알고 있는지, 이렇다 할 말은 하지 않았다.

그때, 뒤쪽에서 위지무의 '어, 어' 하는 소리가 들렸다.

북궁운혜의 눈빛이 기이하게 변했다.

위지무가 바라보는 곳에서 낯선 인영이 둘이나 동시에 나타났기 때문이다.

무서운 속도였다.

슥―

북궁운혜가 칠현금쇄를 튕겨, 막 방어를 펼치려는 순간,

'응? 저 사람은⋯⋯.'

무서운 속도로 날아오는 한 점을 향해, 그 못지않은 속도로 접근하는 사람을 보고 깜짝 놀랐다.

이보반을 휘두르며 사망적혈전을 향해 돌진하는 인영에게 움직이는 사람은 장패기였다.

쾌엑―!

급작스럽게 펼친 무공이라지만, 이보반의 회전력은 악성은 물론 풍호도 인정한 위력이 있지 않은가.

그러나 허리가 반쯤 꺾여서 바닥에 내팽개쳐져야 하는 인영의 몸에서 두꺼운 이불을 두드리는 듯한 소리가 났다.

픽―!

"엥?"

장패기는 뚱한 표정으로 이보반과 인영을 번갈아 쳐다봤다.

"너… 괜찮냐?"

인영, 즉 화룡이 말을 할 리가 없잖은가.

대답도 없이 빤히 쳐다보기만 하던 화룡이 느닷없이 장패기를 향해 살수를 펼쳐 왔다. 그래 봐야 몸을 약간 기울였다가 힘껏 주먹을 뻗은 것 외에는 별거 없지만, 그 위력은 공기를 가르는 소리로 드러났다.

훙—

"……!"

어찌나 빠른지 장패기는 코앞까지 주먹이 다가온 걸 보고서야 소리를 들을 수 있었다.

"윽!"

다가온 화룡을 보는 장패기의 눈이 휘둥그레졌다.

붉기만 한 눈, 표정없이 들이대는 동작들.

"어? 이거 강시잖아!"

진의십이천의 수호시와 싸워봤던 경험이 있는 장패기가 그 모습을 모를 리가 없었다.

당연히 장패기의 얼굴에 회심의 미소가 지어졌다.

"흐흐흐. 진의맹의 흑강시? 킥킥킥. 얘기 못 들었냐? 낭인왕 장패기 어르신을 조심하라고 말이다."

날아오는 화룡의 주먹에 이보반을 여유있게 갖다 댔다.

쿠쾅—!

"헉!"

이보반이 엄청난 반탄력에 의해 팅겨져 나갔다.

그러나 장패기도 만만한 사람은 아니잖은가.

손을 기이하게 꺾으며 이보반을 손가락에 걸친 채 그대로 찔러갔다.

쾅─!

"젠장! 이거 뭐야!"

장패기는 소리치며 화룡의 반대쪽으로 날아갔다.

쾅─!

위지무는 갑작스런 폭음에 자리에서 벌떡 일어섰다.

"어? 왜 자기들끼리 싸우지?"

제제도 나설 준비를 하다가 멈칫했다.

"감질나게 한 놈씩 나오고. 담 전주, 우리가 움직인다. 준비해."

"예?"

"저 눈알 빨간 놈부터 죽이고 곧바로 숨어 있는 것들까지 처리하자."

"아리대부인은 그리 만만한 상대가 아닙니다. 게다가 둘 중 적이 누군지도 모르는 상황이잖습니까."

"그래?"

"그러니 잠시만……."

"그럼 둘 다 죽이면 되겠네."

"윽……."

담사우는 대답도 못하고 난감한 표정을 지었다.

제제의 성격이야 누구보다 잘 알지 않은가.

여기서 말이라도 더듬으면 끝이었다.

그런 담사우를 도와준 사람은 장패기의 등장으로 얼굴이 약간 붉어진 북궁운혜였다.

"장 대협이세요."

제제는 웬 뜬금없는 소리냐는 표정으로 돌아봤다.

"뭐?"

"…부하예요."

"아는 사람도 많네."

시큰둥한 제제의 반응과 달리, 담사우와 위지무는 북궁운혜를 뚫어지게 바라보며 입을 다물지 못했다.

두 사람 중 위지무는 북궁운혜의 저런 눈을 본 적이 있었다.

'저, 정말로 주군이 오셨다는 말인가?'

위지무는 북궁운혜의 붉어진 볼이나, 웃는 얼굴에서 왠지 그럴지도 모른다는 생각이 들었다. '내 생각이 맞지 않느냐'는 듯이 담사우를 쳐다보자, 담사우도 이상한 생각이 들었는지 고개를 갸웃거렸다.

"은하련주께서 말씀하시는 분이… 제가 생각하는 분이신가요?"

제제는 옆에서 듣고 있다가 한마디 던졌다.

"뭐야, 너희들도 아는 사람이야?"

"……."

"……."

"아는 사람이구나! 야, 위지무!"

그제야 위지무가 놀란 눈으로 쳐다봤다.

"예?"

"아는 사람이냐고! 정신을 어디다 팔고 있는 거야!"

"그게……."

"왜!"

지지부진한 싸움이 이어지는 것이 못마땅한 제제의 귀에 조용한 음성이 들렸다.

"제 소저, 그분이 오신 것 같아요."

'그분?'

"저기서 흑강시와 싸우는 사람이 그분의 부하거든요."

"그분? 누구? 아……!"

제제의 시선이 아주 천천히 장패기를 향해 돌아갔다.

근처 어딘가에 있기라도 하면 어쩌나 싶어서 가슴이 쿵쾅거렸다.

'저 이상한 놈이 악랑의 부하? 악랑은 어디 계시지?'

악성을 생각해서인지 시답잖게 보이던 장패기와 그의 공격이 제법 강맹하게 보였다.

"어쩐지, 잘 싸운다 했어."

"헤헤헤. 주모님, 아까는……."

퍽—!

제제의 주먹에 맞아 옆구리를 붙잡고 쓰러지면서도 위지무는 웃음을 잃지 않았다. 북궁운혜는 속으로는 웃으면서도 시선을 떼지 않았다. 곧 악성을 본다는 기대 때문이었다.

사망적혈전의 기대에 부흥이라도 하려는지, 장패기의 공격은 점점 거세지고 강맹해졌다.

허공을 찍는 것 같던 이보반이 횡으로 그어지며 화룡의 옷을 찢었고, 찌르는 것처럼 보이던 움직임이 성난 용처럼 화룡을 집어삼켰다.

쿠콰콰콰—!

격렬한 폭음이 터지며 다시 한 번 장패기와 화룡이 떨어졌으나, 이번에는 장패기가 놓치지 않고 따라가며 계속해서 강공을 퍼부었다.

장패기는 벌써 두 번이나 이보반으로 때리고도 우세를 점하지 못하자, 짜증을 있는 대로 냈다.

"이런 빌어먹을 개종자! 누가 주인인지 몰라도 이따위로 딴딴하게 만들어놓으면 어떻게 부서!"

화룡이 말을 들었을 리 없잖은가.

장패기의 말이 끝나기도 전에 다시 공격을 해왔다.

"이래서 내가 강시랑은 싸우기가 싫어. 티가 안 나! 힉, 이거 봐, 지 맘대로야. 으핫!"

"장 대협, 도와줘요?"

뒤쪽에서 곽명과 철대랑이 모습을 드러냈다.

"대형, 고생하십니다. 그러기에 같이……."

"철대랑, 너 조용히 안 해!"

장패기가 소리치는 순간, 빠르게 그를 향해 접근하는 인영이 곽명의 눈에 보였다.

"위험……!"

곽명은 말을 멈추고 어깨를 흔들어 천궁을 꺼냈다. 그리고는 곧바로 흘러내리는 천궁의 활시위를 발로 밀고서 아무것도 없는 빈 화살을 날렸다.

슝—

순식간에 화살의 형체로 변한 빛이 인영의 몸에 박혔다.

쿠캉—!

*　　　*　　　*

세 번이나 흐름이 끊겼다는 사실에 악성은 답답한 마음을 숨길 수가 없었다. 두려움과 같은 감정은 아니었다. 막연함이라고 해야 옳으리라.

묵동에서 나올 때만 해도 일위강의 원리가 몸의 일부처럼 여겨졌건만, 지금은 마치 몸과 원리가 따로따로 분리된 것처럼 느껴졌다.

모용린을 상대했던 일위강보다 강한 힘을 사용했으면서도 막지 못한 추성의 마지막 공격이 또다시 떠올랐다.

'뭐가 잘못된 거지?'

일위강의 원리에는 문제가 없다. 문제가 있었다면, 피의 순환을 통해서 무무환의 힘을 밖으로 끌어내고, 그 힘을 유형화시켜 원하는 형태의 강기를 생성시킬 수조차 없었을 테니까.

그렇다면 결국은 원리를 사용하는 당사자에게 문제가 있다는 뜻이 되는데… 이 또한 쉽게 인정하긴 힘들었다.

'악성, 정신 차리자. 네가 너 자신을 부정하면 제 어르신이나, 사부님을 부정하는 것이 돼. 다른 이유가 있을 거야. 하지만 분명히 그 정도 힘이면 될 줄 알았는데.'

악성은 자신도 모르게 '그 정도의 힘' 이란 말을 생각했다.

일위강의 원리를 통해 구현되는 힘은 결코 인위적으로 만들 수 있는 것이 아니란 사실을 알면서도.

후스슷—

바람이 우측으로는 길게 이어진 풀숲을 따라 이리저리 흩날렸다.

악성은 멍한 표정으로 하늘을 올려다봤다.

구름 한 점 없는 하늘이 파랗기보다 하얗게 보였다.

오랫동안 잊고 있던 광경이 눈앞에 그려졌다. 하얀 하늘과 천산에서 자주 찾던 강이 보이는 듯했고, 좁아지는 길 저편에서는 곧이라도 제릉이 뚱한 얼굴로 나타날 것 같은 곳.

제룡과 만날 때 강가에서 홀로 읊조리던 말이 웅얼거리며 나왔다.

"조화롭다 해서 천지인이라 부른다고 했던가? 제 위치를 벗어나면 이미 조화로운 것이 아니고, 뜻을 헤아려 움직여야 하며, 너무 조심스러워도 안 되고 너무 조급해서도 안 된다. 천천히, 그리고 넓게 받아들여 넉넉하게 내뿜으면 되는 것이다."

중얼거리는 동안 천산의 하얀 바람이 이곳까지 날아왔던가?

심장에서 시작된 흐름이 순식간에 전신으로 퍼지더니, 상했던 장기(臟器)가 원상태로 회복됐다.

추성과의 싸움이 끝난 후에도 계속해서 일위강의 원리를 억지로 끌어내려 한 탓에 자유롭지 못했던 흐름이 이제야 이어진 것이다.

그러나 퍼뜩 정신이 든 순간, 피의 흐름이 멈추었다.

악성이 또다시 좀 더 강한 일위강의 원리를 끌어내야 한다는 생각을 떠올렸기 때문이다. 게다가 이렇게 멍하니 서 있을 시간이 없었다.

마음이 편해지자, 오로지 제제를 만나야 한다는 생각으로 집중됐고, 그와 동시에 몸이 허공으로 떠올랐다.

이전과 비할 수 없이 가뿐한 움직임이었다.

떠난 자리에는 몸에서 떨어져 나간 고민이 바람을 타고 어디론가 사라지고 있었다.

후우웅—

쿠쾅—!

화룡과 괴룡의 몸은 믿을 수 없을 만큼 단단했다.

마엽의 도움으로 현월의 기운까지 흡수한 상태이기에, 백왕 못지않은 몸으로 재탄생된 것이다.

장패기의 이보반이나, 곽명의 강기 화살로는 겉옷에 구멍만 낼 수 있을 뿐이었다.

"헉헉……."

연달아 십여 발의 강기 화살을 쏜 곽명은 거친 숨을 몰아쉬었다. 장패기와 함께 아무리 밀어붙여도 두 강시는 멀쩡하게 일어서서 또다시 덤벼들고는 했다.

그때, 허공에서 뾰족한 여인의 음성이 들렸다.

"꼬맹아, 비켜!"

"……?"

잠시 동안 의아한 얼굴로 다가오는 미인을 바라보던 곽명은 금방 감탄사를 연발했다.

"아!"

아름답기는 무지막지하게 아름다웠으나, 못된 성격 때문에 잊을 수 없는 제제가 허공을 좁혀서 날아오고 있는 것이 아닌가.

"아! 염라문에서……."

"호호호. 숫기없는 건 여전하구나, 꼬맹이."

곽명이 뭐라고 대답을 하려는 순간.

제제의 손에서 백색 광채가 번쩍였다.

쿠쾅—!

제제는 멀찍이 날아가는 화룡과 괴룡을 보고서야 곽명의 곁으로 내려섰다.

"잘 지냈어?"

곽명은 대답 대신 날아간 강시들을 걱정스런 눈으로 쳐다봤다.

제제가 그 모습에 코웃음 쳤다.

"부서진 물건들 따위는 신경 쓰지 마."

"신경을 써야 할 것 같은데요? 저기……."

"……?"

의아한 눈으로 나가떨어진 화룡과 괴룡을 보던 제제의 표정이 일그러졌다.

한쪽에서 잠시 숨을 돌리고 있던 장패기가 크게 웃었다.

"흐흐흐. 그렇게 쉬운 놈들이면 내 이보반에 벌써 아작이 났지. 하여간 여자란 동물은 뭐든 말로 다 하려고 한단 말이야."

제제의 표정이 싸늘하게 변했다.

"꼬맹아, 저 등신은 누구냐?"

장패기의 얼굴도 험악해지며 제제를 쏘아봤다.

"뭐, 뭐라고! 드, 등신?"

"강시 두 마리가지고 낑낑대는 꼴이 불쌍해서 도와줬더니, 어디서 빈정거려!"

"오호, 성깔있는데? 흐흐흐. 이름은 들어봤겠지? 낭인왕 장패기가 바로 이 몸이시다."

장패기는 자랑하듯이 가슴을 쫙 펴며 제제의 탄성을 기다렸다.

그러나 제제의 반응은 시큰둥했다.

"낭인왕?"

"그래, 낭인왕! 이젠 알아보겠느냐!"

제제가 그걸 알 리가 없잖은가.

고운 말이 나올 리 없었다.

"옷 입은 꼬락서니 하고는. 너, 사람들이 싫어하지?"

“뭐?”

“하는 짓이 그렇구만, 뭐. 꼬맹이 때문에 목숨 건질 줄 알고 조용히 찌그러져 있어.”

“찌, 찌그러져 있어? 하!”

장패기가 발끈해서 제제를 노려봤으나, 그녀의 시선은 벌써 두 강시에게 가 있었다.

무기도 꺼내지 않은 채 서 있는 제제의 모습에 장패기는 화를 내려던 생각을 거두고 속으로 마구 비웃었다.

‘내 이보반에 끄덕도 안 하는 것들을 맨손으로 상대하겠다고? 흐흐흐. 화를 자초하는구나. 도와달라고 애원하는 꼴을 좀 보기로 할까?’

장패기의 속마음도 모르고 곽명이 나설 준비를 했다.

“같이하시죠, 장 대협.”

“헹! 잘난 척하는 것들은 당해봐야 알아.”

“그러지 않는 편이 좋을 텐데요.”

“싫어.”

“……”

곽명이 며칠 동안 지켜본 장패기는, 단순하지만 남자다운 패기와 기본적인 성정은 괜찮았다. 지금처럼 앞뒤 가리지 않고 고집만 피우지 않는다면 말이다.

풍호가 있을 때는 그래도 나았다.

머리를 쥐어박고 무조건 끌고 가는 데에야 어쩔 수가 없잖은가.

그러나 제제를 지켜보고 있을 수만은 없었다.

아리운의 목소리가 더해졌기 때문이다.

“까르르. 화룡은 이리 와.”

"강시들의 주인이 온 모양입니다."

곽명이 뭐라고 하거나, 장패기는 귀를 파며 무관심하게 서 있을 뿐이었다.

"도와주지 않을 겁니까?"

"지가 자초한 거잖아."

"정말 후회하지 않을 자신 있어요?"

"당연하지!"

"끙……."

곽명은 고개를 저으며 제제를 향해 돌아섰다.

"응?"

화룡은 급히 물러서는 반면, 괴룡은 여전히 제제를 향해 주먹을 뻗고 있었다.

과응—

"조심하세요!"

제제는 둘에서 하나로 줄어들었는데, 곽명의 외침이 귀에 들어올 리 없었다. 차가운 미소를 짓더니 손바닥 크기보다 약간 넓게 뚫린 괴룡의 가슴을 주시했다.

다가오는 괴룡의 손을 손바닥으로 쳐내며 반 회전하자, 옆구리가 빈 화룡의 가슴이 보였다.

강시의 몸이 아무리 강해도 소수라면!

쩍—!

몸과 손이 제대로 밀착됐다.

"……."

손에 느껴지는 감촉은 좋았다.

스르르—

제제는 천천히 뒤로 물러서며 곧 터져 나갈 괴룡의 가슴을 주시했다. 전력을 다한 공격은 아니었지만, 그 정도면 충분히 원하는 결과를 만들어낼 수 있음을 확신할 수 있었다.

지켜보던 그녀의 눈이 커졌다.

"……!"

터져 나가야 할 괴룡의 몸이 예상과 달리 멀쩡하게 아리운의 곁으로 돌아가는 것이 아닌가.

그것도 너무 멀쩡한 상태라 기가 막혔다.

제제의 표정이 일그러지는 걸 보며 허공에서는 아리운이, 뒤쪽에서는 장패기가 크게 웃었다.

"까르르르."

"푸하하하!"

장패기는 제제가 노려보는 것도 모르고 고개까지 뒤로 젖히며 웃어댔다.

급기야는 제제가 소리쳤다.

"닥쳐! 등신아!"

"화를 내긴. 큭큭큭."

장패기는 이미 그럴 줄 알았다는 듯이 웃어넘기며, 제제의 반응이 재미있어 못 견디겠다는 표정까지 지었다.

"그래, 그렇게 불러야 마음이 편하겠지. 애당초 이보반으로도 안 되는 물건들을 맨손으로 상대하겠다고 할 때부터 알아봤어."

"닥치라고 했다!"

"내 입이야. 내가 웃든 말든 무슨 상관인데?"

“거슬리니까 닥치라고! 등신아!”

“이 계……”

장패기가 해서는 안 될 실수를 저지르려 할 때였다.

곽명이 앞으로 나서며 장패기의 말을 잘랐다.

“형수님, 괜찮으세요?”

“……!”

제제는 갑작스런 곽명의 호칭에 얼굴이 붉어졌다.

한 번도 들어본 적 없는 말에 장패기를 향했던 화가 누그러지고 말았다.

“나, 나야… 괘, 괜찮지.”

“저것들 몸이 생각보다 단단한데요. 일단 형님이 도착하기 전까지는 장 대협과 제가 돕도록 할게요.”

제제는 새침하지만 밝아진 얼굴로 대답했다.

“그, 그래.”

악성의 얘기가 나오자, 제제의 얼굴이 더욱 붉어졌다.

그리운 사람을 이제 곧 만나게 되는 것이다.

아리운이 공격 명령을 내리기 전에 다시 한 인영이 무서운 속도로 다가왔다.

그러나 인영보다 먼저 목소리가 들렸다.

“백왕, 가서 모두 제압해.”

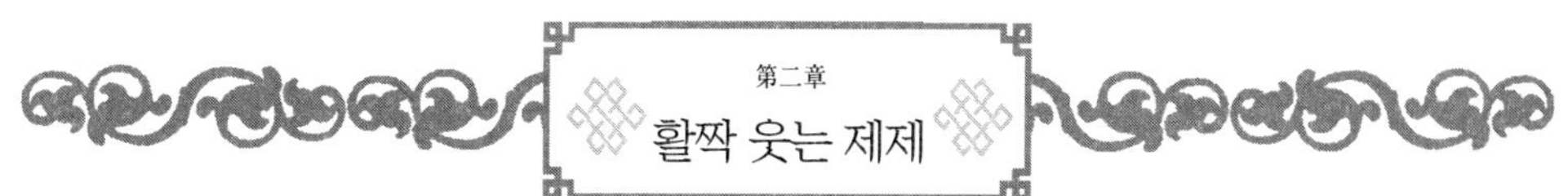

활짝 웃는 제제

아 리대부인은 허공에 떠 있는 마엽을 보며 만족스러운 웃음을 지었다.

"마벌주가 살아 있는 것이 신기하다 싶었더니, 마엽을 만나지 못한 거였군. 화가 난 마마천황의 후계자라… 기대가 되는걸? 호호호."

흑강시가 된 삼마군을 잔혹문주 등과 함께 사망적혈전 안으로 들여보낸 후였다.

퍽―!

"……?"

멍하니 싸움을 지켜보던 사망적혈전의 무인 한 명이 자신의 하체를 내려다봤다.

푸학―!

터져 나가는 하체와 함께 비명을 질렀다.

"끄아아악!"

그제야 사람들의 시선이 그쪽으로 돌아갔고, 그중 가장 먼저 본 북궁운혜는 자신도 모르게 신음을 흘렸다.

"음……."

전신을 검은 장포로 감싼 인영 셋.

북궁운혜는 한눈에 그들의 정체를 알 것 같았다.

'드디어 왔구나.'

기다리던 자들이었다.

강시가 된 삼마군!

북궁운혜는 제제를 도우려던 마음을 접고, 삼마군을 바라봤다.

웅웅웅—

'……!'

마음이 급해졌다.

칠현금쇄가 운다는 것은, 삼황과 삼선의 무공을 익힌 자가 나타났음을 의미하기 때문이다.

위험보다는 차라리 다행일지도.

북궁운혜는 칠현금쇄를 움켜쥐며 고개를 좌측으로 돌렸다.

"단 대협과 부련주는 저들을 막으세요."

그제야 기다렸다는 듯, 단정이 기지개를 켜며 입을 열었다.

"이젠 움직여도 되는 건가요, 북궁 소저?"

위지무도 곁에 있었기에 북궁운혜의 말을 모두 듣고 있었다.

그녀의 한마디에 움직이는 두 사람.

단파는 어렴풋이 기억이 났으나, 단정은 처음 보는 얼굴이었다.

위지무의 기억에 단파는 북궁현과 비슷한 실력의 소유자라고 알고 있었다.

그런 그가 뒤로 물러서고 있었다.

'단파가 물러나? 저자는 누구지?'

나서며 슬쩍 내지르는 주먹에서 예사롭지 않은 푸른빛이 삼마군을 향해 날아갔다.

콰! 콰! 콰!

연속해서 거친 폭음이 울리며 주위에는 먼지가 자욱해졌다.

그때, 기다렸다는 듯이 사방에서 비명이 터졌다.

"끄아아아악!"

"크헉!"

사사삭―

비명을 내지르는 사람들은 사망적혈전 무인들이었다.

위지무는 빠르게 안으로 파고드는 자들을 발견하고 몸을 날렸다.

'은 소저가 있는 곳이다!'

은소란이 위험하다는 생각이 들자마자, 망설일 겨를도 없이 위지무의 신형은 무서운 속도로 거리를 좁혀갔다.

백왕 한 구가 가세했을 뿐인데, 제제와 장패기와 곽명이 느끼는 압박은 상상을 초월했다.

콰―!

거대한 바위가 어깨에 얹힌 것 같았다.

쿠콰―!

세 사람의 앞쪽에 떨어진 공격을 보고 눈을 빛낼라 치면, 어느새 땅

속으로 뚫고 나오며 세 사람의 발을 공격해 왔다. 단순하면서도 손바닥 위에 놓고 놀리는 것만 같은 공격.

제제는 슬슬 치밀어 오르는 화를 주체하지 못하고 정면으로 무작정 움직였다.

천마구로의 내공이 제제의 본신내공과 융화되면서 원하는 부위에 힘을 집중시킬 수 있었다.

퍽—!

거칠게 괴룡을 들이받고는 공격 명령을 내리는 아리운을 향해 움직일 때였다.

"거기서 노는 것이 좋지 않나?"

"흥!"

"어떤 계집인가 싶었는데, 꽤나 성깔이 있는 모양이구나. 후후후."

"……?"

"살아나면 사천성에 가봐."

"사천성?"

"네가 마벌이란 곳의 벌주라며? 얼굴은 말 그대로 반반하군."

아리운이 뾰족한 목소리로 화를 냈다.

"마 대가!"

"하나보다는 둘이 낫잖아."

"흐으응. 그럼 마 대가와 함께 있는 시간이 줄어들잖아요."

"화룡하고 잘 놀면서 새삼스럽게 무슨. 후후후."

"……!"

아리운이 깜짝 놀란 눈으로 마엽을 쳐다봤다.

"강시는 아무리 생강시라도 조심해야 돼. 냄새가 난다고, 냄새가.

후후후.”

“까르르르. 언제부터 알았어요?”

“네가 유난히 화룡을 예뻐할 때부터.”

‘저것들 뭐야. 저 계집이 강시를 좋아했어? 그리고 그걸 알면서도 괜찮다고?’

제제는 난잡한 두 사람의 말을 끊으며 투명해진 양손을 휘둘렀다.

“에라이, 추잡한 것들! 죽어!”

“오, 소수!”

마엽은 말과 다르게 전혀 놀라지 않은 표정이었다.

아리운을 안고서 빙글 돌아선 그의 신형이 옆으로 죽 미끄러지며 이동했고, 가볍게 손가락을 튕겼다.

퉁—

번들거리는 검은 광채가 이내 검의 형태로 변했다.

마마탄비검.

사량겹화공 대신, 현월의 기운을 머금은 작은 강기 응집체가 제제의 손등을 ‘톡’ 하고 때렸다.

“……?”

제제는 너무 어이없는 반응에 자신의 손등을 바라봤다.

그때.

손등에서 어마어마한 폭발이 일어났다.

푸카하악—!

“……!”

재빨리 고개를 뒤로 젖혀 빛의 파편을 피하려 했다.

그러나 터진 파편 개개가 모두 마마탄비검의 축소판이 되어 전신을 찔러왔다.

"헛!"

제제는 급하게 숨을 들이마신 뒤 몸을 떨어뜨렸다.

쉐에엑—

바람 가르는 소리.

'바닥으로 떨어지는 것까지 염두에 두었다고?'

재빨리 몸을 회전시켜 아래쪽을 살폈다.

빛으로 만든 화살이 바로 앞까지 다가왔다.

허공에서 급히 몸을 멈추려 했으나, 빛 화살이 알아서 제제를 피해 솟구쳤기 때문에 그럴 필요가 없었다.

쿠콰콰콰—!

마마탄비검과 빛 화살이 부딪친 것이다.

멀리 곽명이 제제를 향해 손을 흔들고 있었다.

"꼬맹이가 제법… 엇, 조심해!"

강시들이 곽명을 덮치는 모습이 보였다.

제제의 위험을 보고서 화살의 방향을 튼 것이다.

제제는 구겨진 휴지 조각처럼 날아가는 곽명의 모습을 멍한 눈으로 쳐다봤다.

"꼬맹아!"

그녀의 외침이 채 끝나기도 전에 엉뚱한 곳에서 툴툴거리는 목소리가 들렸다. 장패기였다.

"뒤쪽 신경 쓰기도 바쁠 테니 저 녀석은 신경 꺼서."

"……?"

제제는 장패기의 말이 끝나기 무섭게 뒤를 돌아봤다.

“…헙!”

그녀 바로 뒤쪽에 아리운을 뒤에서 안은 마엽이 웃고 있었다.

둘의 모습은 전혀 닮지 않았으나, 짓고 있는 표정이 너무 비슷했다. 세상 모든 것이 마치 자신들의 것인 양, 한껏 고무된 표정들이었다.

‘이대로는 위험하다. 하지만 저것들 역시⋯⋯.’

제제가 두 사람의 영역에 들어갔다면, 그들 역시 제제의 영역으로 들어온 것이잖은가.

마엽과 아리운이 조금 더 다가왔을 때 불쑥 손을 뻗었다.

“죽엇!”

반 자나 뻗었을까?

제제는 더 이상 손을 뻗을 수가 없었다.

‘뭐지?’

마엽은 제제의 당혹스러워하는 표정을 보며 웃었다.

“후후후. 포기해.”

“닥쳐!”

소리는 쳤으나, 아리운을 감싼 마엽의 손이 움직인 적이 없음을 깨닫고 소름이 쫙 돋았다.

설상가상으로 제제의 부담을 가중시키는 일이 생겼다.

지켜보던 천마삼로가 나선 것이다.

“아가씨!”

제제는 다가오지 말라는 표시로 손을 흔들려 했으나, 손이 마음대로 움직여 주지 않았다.

다급히 소리쳤다.

“삼로, 오지 마세요!”

말을 마치고 마엽을 돌아보자, 그의 품에 있던 아리운이 사라지고
없는 것이 보였다.

'어디로 갔지?'

혹시나 하는 생각에 천마삼로를 다시 돌아봤다.

흐릿한 형체가 완전해지기 전에 익숙한 아리운의 웃음이 비수가 되
어 안타까운 제제의 마음을 헤집었다.

"까르르르."

"……!"

제제는 파리해진 안색으로 소리쳤다.

"피해요, 삼로! 이익……!"

단전에선 불끈거리며 힘이 소용돌이치고 있으나, 도대체가 상체로
올라올 생각은 하지 않았다.

마엽은 안간힘을 쓰는 제제에게 천천히 다가갔다.

"후후후. 힘을 쓰면 쓸수록 현월의 기운이 더 빨리 네 몸을 잠식할
뿐이야."

"언제……."

"그렇게 억울해하지 말고, 저들이 죽는 거나 지켜봐."

'저분들이 주, 죽는다고?'

있을 수 없는 일이었다.

"안 돼!"

안타까워하는 제제의 눈에 아리운의 손이 거대한 괴물처럼 변하는
모습이 들어왔다. 그 손은 이내 천마삼로를 향해 그어졌다.

푸— 학—!

"악!"

“……?”

뾰족한 비명을 지른 사람은 제제가 아니었다.

제제의 물기 어린 눈에 한 사람이 뿌옇게 보였다.

그 모습은······.

“악랑? 악랑!”

*   *   *

“이봐.”

잔혹문주가 무의식적으로 옆을 돌아봤다.

“……?”

위지무 특유의 상대를 놀리는 듯한 웃음이 눈에 들어왔다.

“어디 가?”

잔혹문주는 대답하지 않고서 위지무의 시선을 눈으로 잡았다.

곧 오보절검이 알아서 떼어내 줄 것이기 때문이다.

위지무는 턱짓으로 뒤를 가리켰다.

“저치를 기다려?”

‘저치? 그렇다면 오보절검이 벌써······.’

아주 짧은 시간이었으나, 돌아보자니 사실인지를 모르겠고, 안 돌아
보자니 위지무에게 겁을 먹은 것처럼 느껴졌다.

힐끗.

위지무가 가리킨 곳을 바라보던 그는 눈을 부릅떴다.

정말로 뒤쪽에 한 명이 나자빠져 있었다.

눈에 익은 옷과 검이 보였다.

오보절검이 분명했다.

너무 오래 있었다.

아무리 규유대제와 동시대를 풍미했던 고수라 해도, 무방비 상태로 그 정도의 시간을 소비해선 안 된다. 위지무의 주먹이 예리하게 그의 시선을 피해 파고들었다.

"잘가슈."

퍽—!

날아가는 속도까지 더해서 도저히 피할 엄두가 나지 않는 주먹이었다. 게다가 음경이라 판단하고 내부를 닿았건만, 강제로 외부를 두들기는 양강의 기운이라니…….

내부로 집중됐던 기운이 급히 흐트러지며 외부를 통해 들어오는 기운을 막으려 했다.

그러나 위지무가 익힌 무공은 음양경이었다.

양강의 기운이 곧 음경으로 바뀌며 무섭게 잔혹문주의 내부를 파고들었다.

"컥!"

데려온 수하들에게 명령을 내리려 했으나, 입에서 목소리가 나오질 않았다. 공격 명령을 내렸어도 따를 수하도 별로 없었지만.

"그런 식의 얍삽한 공격을 하면 안 되지. 괴롭지? 헤헤헤."

음과 양의 조화는 상대가 부조화할 때 제대로 작용한다. 이는 바로 음양의 조화가 상대의 몸에 들어가 독(毒)처럼 작용하기 때문이다.

푸스슷—

추풍낙엽처럼 쓰러지는 잔혹문주의 수하들 역시 자신들의 주군과 똑같은 눈들을 하고 있었다.

막 위지무가 은소란의 거처로 들어가려 할 때였다.

'응?'

한 무리의 인영들이 거처 뒤쪽 담을 통해 빠져나가고 있었다.

'뭐야? 상황이 이런데, 주모님을 남겨두고 자신들만 살겠다고 가는 건가? 내가 은 소저를 잘못 봤나?'

의혹 어린 시선으로 재빨리 은소란의 뒤를 쫓았다.

사망적혈전에 오기 전까지만 해도 해빈은 명무상의 걱정이 못마땅했다. 사망적혈전 정도의 규모에서 무슨 수로 아리대부인을 대응할 수 있단 말인가. 적어도 북궁운혜가 혼원경을 죽이기 전까지는 그랬다.

해빈은 음(音)을 무기로 사용하는 모습을 처음 본 데다 북궁운혜와 같은 아찔한 미인도 처음 봤다. 두근거리는 가슴을 진정시키며 명무상의 말에 따라 묘충을 기다리는 중이었다.

명무상은 안절부절못하는 해빈에게 넌지시 물었다.

"곧 온다는 연락이 왔다."

"……."

"혹여, 저 여아에게 잘 보이려고 함부로 나서거나 하지는 말아라, 괜히 우리가 표적이 될 수도 있으니."

"그 정도로 어리석진 않습니다."

"그렇겠지."

"지금 빈정거리시는 겁니까?"

"내가 뭘 어쨌다고 그러는 게냐?"

해빈은 명무상의 주름살이 오늘따라 비웃는 것처럼 보였다.

"아닙니다."

“묘충이란 아이가 오면, 물건만 받고 빨리 이곳을 떠야 한다.”

“예?”

“저 중에 어느 한 명도 만만한 상대가 없어. 괜히 이름이 알려져서 곤란을 자초하지 말라는 뜻이다.”

해빈의 얼굴에 노골적인 불만이 드러났다.

“왜, 나서고 싶냐?”

“그런 게 아니라…….”

“표정을 보니, 그런데 뭐. 하나, 지금은 시기가 아니다. 우리가 원하는 계집과 싸워서 이긴 후라면 몰라도.”

“그 여자가 저 여인보다 강합니까?”

명무상은 잠시 대답을 주저했다.

아마도 북궁운혜의 실력을 가늠하는 모습이리라.

해빈의 생각과는 달리, 명무상의 입에서 나온 대답은 엉뚱했다.

“우리 중에 음강(音罡)을 상대하지 못할 사람은 한 명도 없다. 겨우 저 정도의 여아를 상대하기 위해, 우리가 너와 비무를 벌였겠느냐?”

“그럼……?”

“저 여아보다 밖에 있는 여아가 더 강해.”

“예?”

해빈은 제제가 북궁운혜보다 강하다는 말에 깜짝 놀랐다.

제제와 북궁운혜의 싸움을 모두 지켜본 그가 아닌가.

이해할 수 없었다.

“어째서 그런 말씀을 하십니까?”

“금을 사용하는 아이는 전력을 기울이고 있지만, 밖의 저 여아는 아직 아니거든.”

그때였다.

숲이 흔들리며 몇 사람이 고개를 내밀었다.

"소주!"

묘충이 해빈을 발견하고 즉시 한쪽 무릎을 꿇었다.

해빈은 재빨리 다가가 묘충을 일으켜 세웠다.

"묘 호법, 고생 많았소."

"고생이랄 게 뭐가 있겠습니까."

해빈의 시선이 묘충의 뒤에서 멎었다.

"소… 란?"

몰라보게 아름다워진 은소란의 모습에 절로 감탄한 목소리였다.

은소란은 얼굴을 굳힌 채로 가만히 고개를 숙였다.

"맞느냐?"

"…예."

"오… 랜만이구나."

"…예."

은소란의 꿈이었던 남자가 눈앞에 있었다.

정혼을 한 후 십 년 만에 만난 사람.

묘충에 이끌려 어쩔 수 없이 따라 나와서일까?

수줍은 미소나 그리워한 흔적이라곤 찾아볼 수 없었다.

은소란은 딱딱하게 굳은 얼굴로 품속에 있는 물건만 전해주고 가겠다는 듯이 빠르게 손을 내밀었다.

"여기……."

해빈의 안색이 급격히 굳었다.

"십 년 만에 만나서 할 말이 그렇게 없느냐?"

“도주님께서 화급을 다툰다고…….”

해빈은 급작스럽게 은소란의 손을 잡았다.

놓으면 어디론가 금방 떠나 버릴 것 같은 기분 때문에 취한 행동이었다.

“…아픕니다.”

호칭을 뺀 그녀의 말에 해빈은 더욱 손에 힘을 주었다.

“이젠 내 곁에 머물러라.”

“…….”

은소란은 눈동자를 돌려 묘충을 쳐다봤다.

임무를 완수했으면 짐을 덜었다는 마음이 들만도 하건만, 묘충의 눈에는 다른 것이 가득했다. 물건을 전하고 잔금을 기다리는 장사치의 눈이라고나 할까.

툭 터지는 봇물처럼 웃음이 나왔다.

“풋!”

“……?”

해빈은 물론이고 명무상도 의아한 눈이 됐다.

서러우면 울기라고 하겠으나, 그런 감정조차 들지 않기에 웃음이 나온 것이다.

묘충이 엄하게 호통 쳤다.

“소란아!”

은소란은 해빈을 쳐다봤다.

자신을 연인이라 생각했다면 이럴 수 있을까, 싶은 말이 그의 입에서 흘러나왔다.

“묘 호법이 화가 많이 난 모양이구나.”

"……."

기대를 하지 않았으니 놀랄 이유도 없었다.

그러나 은소란은 자신의 감정을 잠시 숨기기로 했다.

사망적혈전에서 고전을 하고 있는 제제의 모습이 떠올랐기 때문이다.

"죄송합니다. 잠시 추태를 보였습니다."

"괜찮다."

"소도주님, 잠시 저와 함께 가주실……."

묘충은 은소란의 입에서 왜 그 말이 안 나오나 싶었다.

당연히 말을 자르며 해빈의 주의를 끌었다.

"소주, 한시바삐 이곳을 벗어나야 합니다. 진의맹이란 집단이 사방을 포위하고 있습니다."

"그게 무슨 말이오?"

해빈의 처음 듣는다는 듯한 대답에 묘충은 작전이라도 짠 사람처럼 거짓말을 늘어놨다. 주위에 있는 자들은 별 볼일 없는 자들이 대부분이지만, 나중을 위해 벌하지 않는 것이 좋다는 얘기였다.

은소란은 묘충을 쏘아봤다.

"묘 호법님!"

"너는 조용히 하거라."

은소란이 자신의 입술을 잘근 씹었다.

"그게 무슨 말입니까?"

"뭐?"

"저는 소도주님과 정혼한 사이입니다. 지금까지 하신 행동에 대해서는 말하지 않겠으나, 앞으로는 그냥 넘어가지 않겠습니다."

"감히!"

은소란은 묘충의 눈을 피하며 해빈을 돌아봤다.

"……."

묘충의 행동을 그냥 묵과하겠냐는 눈임을 해빈이 왜 모르겠는가. 하지만 지금은 그런 것에 관여할 때가 아니었다.

"자, 진정들 하고. 이곳까지 오면서 많은 고충을 겪었다는 걸 안다, 소란아. 하나 묘 호법한테 그래서는 안 되지. 어서 사과드려라."

"……!"

은소란은 자신도 모르게 눈물이 흘렀다.

"쯧. 거참, 조용히 듣고 가려니 배알이 뒤틀려서 못 보겠군. 쓰레기도 너보다는 낫겠다, 묘충."

"누구냐!"

묘충은 자신의 이름이 나오자, 기겁을 하고 돌아섰다.

*　　　*　　　*

하나도 변하지 않은 모습. 아니, 조금은 변했나?

여전히 긴 머리였다.

악성은 편안한 웃음을 보여주었다.

"무혼, 흑강시들이 너무 설치는구나."

제제에게 눈을 떼지 않고서 손으로 화룡 등을 가리켰다.

장패기의 이보반은 멀리 내팽개쳐져 있었고, 곽명은 한 번만 더 공격당하면 낭패를 면치 못할 정도로 지쳐 있었다.

화룡과 괴룡이 장패기를, 백왕이 어마어마한 속도를 자랑하며 곽명을 농락하던 상황이었다.

"빡—!

거친 소리가 터졌고, 장패기와 곽명을 그토록 괴롭히던 화룡과 괴룡은 실 끊어진 연처럼 허공을 날았다.

"피유… 이제야 오셨네. 흑강시란 괴물들이 저 정도일 줄이야… 에구구, 죽겠다."

"풍 노사께서 걱정하던 이유를 알겠네요."

"헥헥… 뭐?"

"장 대협 곁에서 한 걸음도 떨어지지 말라고 했거든요."

"왜?"

"이런 일이 생길 걸 진즉부터 알고 계셨던 거지요."

"이… 런 일?"

"분명히 장가 놈이 사고 칠 테니까, 곁에서 한시도 떨어지지 말라고 하셨거든요."

"뭐!"

곽명은 모른 척 말을 돌렸다.

"저 강시들, 또 일어나네요."

나가떨어진 화룡과 괴룡이 서서히 일어서고 있었다.

무혼은 백왕과 육박전을 펼치는 중이라, 두 강시가 일어서는 걸 보지 못했다.

얼굴을 맞으면 뒤로 돌며 발을 내뻗어 백왕의 이마를 때렸고, 몸을 맞으면 기어코 맞은 그대로 돌려주었다.

퍽! 퍽! 퍽!

곧 화룡과 괴룡이 가세하면 이 싸움은 보나마나일 것 같았다.

장패기가 이보반을 움켜쥐었다.

곽명 역시 천궁의 아래쪽을 바닥에 꽂으며 시위를 당겼다.

츠츠르릇—!

이보반과 빛의 화살이 허공을 갈랐다.

두 강시가 지금까지 싸웠던 기운을 모를 리 없었다.

그때, 갑자기 무혼이 두 강시를 향해 무섭게 돌진해 왔다.

당연히 백왕이 쫓아왔고, 장패기와 곽명의 공격은 강시들 속에서 터졌다.

무혼과 백왕의 기세는 백중지세라 할 만했다.

그러나 실제는 백중지세가 아니라, 그런 척해주는 것뿐이었다.

무혼은 다른 두 구의 흑강시 때문에 일부러 전력을 다하지 않았고, 당연히 백왕은 조심하는 것보다 공격하는 쪽을 택하게 되었으며, 공격에 집중된 상태의 강시들은 장패기의 이보반과 곽명의 이기어시를 가볍게 여긴 것이다.

쿠콰쾅—!

두 사람의 공격이 화룡과 괴룡을 무혼의 곁에서 떨어지게 만들었으니, 백왕이 온전할 리가 없었다.

쿠욱—

무혼의 보이지 않을 정도로 빠른 주먹이 백왕의 얼굴을 가격했다.

빡—!

경쾌한 타격음과 함께 허공에 남은 강시는 무혼이 유일했다.

아래쪽에서 장패기의 감탄 섞인 음성이 들려왔다.

"이야!"

"최고!"

장패기에 이어 곽명도 흥분해서 소리쳤다.

마엽은 제제를 옭아맸던 기운을 슬며시 풀어놓으며 악성을 주시했다.

스르르—

제제는 자연스럽게 손이 내려가는 걸 느끼며 반색을 하다가 의혹어린 눈으로 마엽을 돌아봤다.

'손이 자유롭다. 그럼 악랑한테……'

재빨리 마엽의 수법에 대해서 경고했다.

"악랑, 조심하세요!"

악성은 제제를 향해 미소를 지었다.

"제매, 걱정 마. 이제부터는 내가 알아서 할게."

"……."

예전부터 느껴왔던 거지만, 악성의 말에는 무슨 마술이 걸려 있는 것만 같았다.

제제는 활짝 웃으며 고개를 끄덕였다.

짐을 놓은 것처럼 마음이 편해진 탓이다.

그때였다. 아래로. 떨어진 아리운이 팔짱을 낀 채로 제제를 향해 비웃음을 던졌다.

"까르르. 둘이 지금 뭐해? 그렇게 말하면 조금 낫니?"

"흥! 다시는 그 주둥아리를 놀리지 못하게 해줄 테니, 조금만 기다려. 강시가 없으면 움직이지도 못하는 계집아."

"내가? 화룡이 없으면 움직이지도 못한다고 누가 그래?"

아리운이 웃겨 죽겠다는 듯이 허리까지 젖히며 흐드러지게 웃었다.

‘뭐지, 이런 자신감은?’

무혼과 세 구의 강시가 뒤엉키는 모습을 보면서도 악성은 걱정하지 않았다.

충분히 막아내리라.

오히려 마엽을 상대해야 하는 악성 자신이 문제였다.

마엽의 신형이 천천히 위로 솟구치고 있었다.

살짝 움직였음에도 일대가 동시에 출렁거리는 느낌이 들었다.

익숙한 느낌이 전해져 왔다.

"당신은 진의맹 사람이 아니군."

"후후후. 왜 그렇게 생각했느냐?"

"현월의 기운을 지닌 사람이 누구 밑으로 들어갈 리가 없을 테니까."

"……!"

악성의 대답에 마엽은 깜짝 놀랐다.

"현월의 기운을 알고 있느냐?"

"당신과 비슷한 기운을 가진 자를 만난 적이 있소."

‘현월의 기운을 지닌 사람이라면, 대사형과 나, 그리고 반 사제뿐이다. 하나 반 사제는 오 년 전에 죽었다. 그럼 적무극이 죽인 것이 아니라, 이놈이……?’

마엽은 지금까지 반경인의 죽음이 적무극의 소행으로 알고 있었다. 그가 아니라면 반경인을 그렇게 만들 사람이 없다고 확신했기 때문이다.

눈앞의 악성의 새롭게 보였다.

"흠, 반 사제를 죽인 자가 너더냐?"

“반 사제?”

“이제 와서 시치미를 떼도 늦었다. 그나저나 대단하구나. 반 사제를 그 지경까지 몰아붙이다니 말이다. 보고에는 네 얘기가 없었거늘.”

악성은 적무극을 떠올리자, 괜스레 웃음이 나왔다.

그가 이 자리에 있었다면 참으로 볼 만한 광경이 연출됐으리라.

“반경인이란 자는 언제 죽었소?”

“네가 더 잘 알지 않느냐.”

“그때는 그를 죽일 힘이 없었소.”

“흐흐흐, 돌아온 지 삼 일 만에 뇌가 녹아내려 죽게 해놓고 무슨 소리를 하는 게냐!”

“뇌가?”

악성은 번뜩 떠오르는 장면이 있었다.

반경인을 향해 마지막에 펼쳤던 수법이 떠오른 것이다.

혼신을 다해 속으로 얼마나 외쳤던가.

‘어떻게 해야 한다는 생각조차 없이 펼쳤던 수법인데…….’

“자, 실력을 한 번 보기로 할까?”

“한 가지 더.”

“……?”

“적무극이란 자를 만났소. 이상한 짓을 하고 있어서 막으려던 때, 한 가지 재미난 사실을 알려주더군, 당신이 나의 아내를 괴롭히려고 한다는.”

마엽의 눈에서 불길이 이글거렸다.

“적무극 그 자식을 만난 것도 놀랍지만, 내가 언제 네 아내를 괴롭혔다는 거지?”

악성이 눈으로 제제를 가리켰다.

“저 여자가 네 아내라고?”

“당신이 마벌로 간 이유를 떠올리면 쉽게 이해가 되지 않겠소?”

“길이 엇갈리지 않았으면 더 좋을 뻔했구나.”

“그랬다면 당신은 사천성에서 죽었겠지.”

“큭. 말은… 적 사제는 지금 어디 있느냐?”

“착각하고 있군. 눈치를 봐야 하는 것은 당신이야.”

“뭐? 크하하!”

엄청난 웃음소리가 일시에 주위를 휩쓸었다.

마엽이 떠 있는 곳을 중심으로 무려 이십여 장은 족히 넘을 것 같은 공간이 쫙 밀려났다.

가공스런 내공이 아닐 수 없었다.

‘이자, 추 대협보다 강하다!’

악성은 아래쪽을 슬쩍 내려다봤다.

제제가 아리운과 대치한 상태로 서 있었다.

양손이 하얗게 빛나는 제제의 손에서 굉장한 기운이 느껴졌다.

‘정말로 노력을 많이 했구나, 제매……’

약속을 지키기 위해 얼마나 노력했을지, 굳이 그간의 과정을 보지 않아도 알 것 같았다.

“나와 마주하고서 한눈을 팔아? 크핫!”

마엽의 냉소와 함께 무시무시한 기운이 한꺼번에 몰려왔다.

“웃!”

이전에 흘려보낸 줄 알았던 마엽의 웃음이 마치 물방울처럼 모여들더니 그대로 날아왔다.

악성은 더 이상 제제를 보고 있을 수 없었다.

츠르르릇—

무무환에서 나온 묵빛이 악성의 몸을 감싸며 마엽의 웃음에 대항했다.

픽—!

'응?'

마엽의 안색이 일그러졌다.

악성의 묵빛 호신강기에서 기묘한 소리가 났기 때문이다.

외형상으로는 호신강기가 분명했으나, 부딪쳐서 나오는 반탄력은 강기라고 하기엔 너무 부드러웠다.

"제법 여유를 부릴 만하다는 건가? 하지만 그따위 속 빈 강정과 같은 무공으로는 힘들지."

"그것이 무슨 뜻이지?"

"제법 그럴듯하게 모양을 꾸미고 있지만, 그건 네 손에 있는 반지 덕분이고. 네가 할 수 있는 건 뭐지?"

"……!"

정말로 그런가?

악성은 무심결에 무무환을 쳐다봤다.

"힘이란, 자기 것이 아니면 아무 소용이 없는 것이다."

'텅 비었다고?'

인정하지 않으려는 마음 탓일까?

악성은 추성과 싸울 때 사용했던 것보다 강한 힘을 일으켰다.

무무환이 피의 흐름에 의해서만 깨어난다는 것을 알면서도, 자꾸만 그러한 원리와 별개로 악성 스스로 뭔가를 만들어내야 한다는 강박관

념이 떠나질 않았다.

드드등—

제제의 손을 끝까지 주시하다가 팔목 어림을 잡아챈다.

벌써 세 번이나 아리운이 보여준 동작이었다.

너무 간단해서 마치 제제의 눈앞에서 자꾸만 사라지는 것만 같았다.

"이이……."

"까르르. 너무 화내지 마, 마 가가께서 알려준 수법 중에 한 가지니까. 역시 삼황과 삼선의 후예가 익힌 무공은 뭐가 달라도 달라. 소수라면 무림에서 제법 극강한 무공에 속하는데 말이야."

제제가 분노로 얼굴이 빨개지든 말든 아리운은 화룡이 싸우는 곳을 돌아보는 여유까지 보였다.

"그나저나 저 강시는 특이하네. 화룡의 주먹에 맞고도 일어나는 강시는 처음 봐."

"무혼에 신경 쓸 시간이 있으면 다시 한 번 받아봐!"

쉭—

아리운은 제제가 다가오는 것을 보며 깜짝 놀랐다.

제제는 그 모습에 아리운이 지금까지 허세를 부렸다고 여겼다.

허겁지겁 피하는 모습에 전력을 다해 그녀의 상하좌우를 천마십이식으로 내리눌렀다.

"저 강시가 오 년 전의 그 강시라고?"

스르륵—

모두 가뒀다고 여겼건만, 아리운은 귀신같이 제제의 손을 피해 빠져나갔다.

“그때 분명히 화룡이 부숴 버렸는데?”

“악랑께서 살려내셨다. 받앗!”

“이게 정말! 안 된다고 했잖… 헛!”

드드등—

아리운은 거대한 진동을 느끼고 허공을 쳐다봤다.

제제도 공격을 멈추고 재빨리 시선을 들었다.

악성과 마엽이 서로를 바라보며 멈춰 있었다.

두 사람의 몸은 멈춰 있으나, 악성의 손에 들린 검강체는 점점 커지고 있었고, 그에 따라 마엽의 몸도 검은색으로 변해갔다.

아리운이 몽롱한 눈으로 그 모습을 바라봤다.

“멋… 있… 다……”

“……!”

곧 무서운 일이 일어날 것 같은 예감!

제제는 최대한 빠르게 장패기 등이 있는 곳으로 몸을 날렸다.

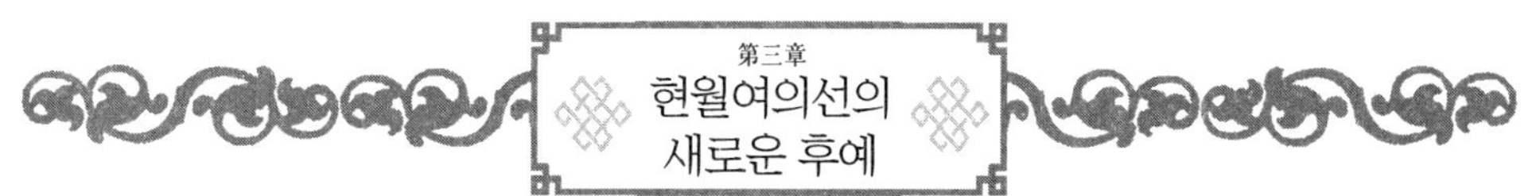

第三章
현월여의선의
새로운 후예

위지무는 은소란을 향해 '씨익' 웃어주었다.

"묘충, 당신 정말 더러운 작자구만."

"네놈은……."

"기껏 구해주려고 왔더니, 오히려 나 몰라라 하고 도망쳐? 그럴 걸 왜 따라와? 보아하니 저 멀쩡한 놈이 은 소저의 정혼자인 것 같은데, 너도 그러면 안 되지. 목숨 걸고 만나러 온 여자 편은 못 들어줄망정, 사과까지 하라니!"

위지무의 음성이 점점 높아졌다.

말을 하면서 슬슬 화가 치밀었기 때문이다.

해빈은 은소란을 노려봤다.

"아는 자더냐?"

"은인의 동료십니다."

"은인?"

"마벌이란 곳의 주인이십니다."

"마벌이라… 고수들이 다들 산서성으로 몰려든다더니, 그중 한 명인 가 보군."

해빈은 더 듣지 않아도 상황을 알겠다는 듯이 고개를 끄덕였다.

그러나 그뿐이었다. 인사치레도 없이 신형을 돌려세웠다.

"묘 호법, 돌려보내라."

당연히 나와야 할 묘충의 대답이 들리지 않았다.

"묘 호법?"

해빈의 독촉에도 묘충은 쉽게 대답을 하지 못했다.

오히려 히죽이며 웃고 있는 위지무를 겁먹은 눈으로 쳐다보는 것이 아닌가.

"묘 호법조차 함부로 나서지 못할 실력자라는 걸 몰랐군. 한데 어쩌 지? 우리는 지금 급하게 돌아가야 할 곳이 있는데."

위지무는 여전히 웃는 얼굴로 대답했다.

"가는 건 말리지 않겠는데… 목숨까지 살려준 분께 인사도 없이 가 는 건 그렇잖아? 아무리 얼굴에 철판을 깔았다고 해도 말이야."

"대단한 자신감이구나."

"대단할 것도 없어. 처음 보는 사람한테 대뜸 반말을 해대는 놈보다 는 못하니까."

해빈은 위지무의 너무 담담한 말에 잠시 할 말을 잊고 말았다.

그때, 말을 끝낸 위지무의 신형이 순식간에 은소란의 곁으로 다가가 더니 그대로 손을 잡고 쭉 빠지는 것이 아닌가.

설마 뻔히 보고 있는 상황에서 은소란을 데려갈 줄이야.

“뭐하는 짓이냐!”

“잠시만 기다려. 주모님께 인사만 시키고 다시 데려올 테니까. 은소저, 갑시다.”

위지무는 은소란의 손을 잡은 채로 돌아섰다.

해빈의 꾹 눌린 한마디가 입에서 흘러나왔다.

“멈춰.”

긴장감이 흐르고 곧 폭발하겠다는 해빈의 의지가 들어 있는 말이었으나, 위지무는 너무 쉽게 무시해 버렸다.

“싫어.”

“멈추라고 했다.”

“싫다고 했다.”

“혈린…….”

촤라락—

해빈의 소매 속에서 붉은빛이 빠져나오자마자, 검의 형체를 만들었다.

그때, 허공에서 해빈을 꾸짖는 목소리가 들렸다.

“빈아, 손을 거둬라. 지금은 한가하게 놀고 있을 때가 아니다.”

“헉! 사부님!”

추성을 바라보던 해빈의 얼굴에 경악이 떠올랐다.

갑작스런 등장 때문이 아니라, 잘려진 그의 옷 때문이었다.

“어디서…….”

차마 다치셨냐는 말은 꺼내지 못하고 입을 다물었다.

추성은 급박한 눈으로 사망적혈전을 돌아봤다.

“마마천황의 무공을 사용하는 자와 만났다.”

만났다?

추성이 이런 식으로 말을 끝낸 적이 없었다.

모든 일의 주체는 언제나 그였기에, 상대를 어떻게 만들었다는 결론만을 말하기 때문이다.

위험하다는 신호가 해빈의 머리끝을 쭈뼛 서게 했다.

"무혼지주와 연관이 있는 자냐?"

"……!"

위지무는 움찔거리며 돌아섰다.

추성의 사나운 눈빛은 절로 마른침을 삼키게 만들었다.

"누구… 십니까?"

"내가 누군지는 알 것 없다. 돌아가서… 이런, 늦었다. 어서 서둘러!"

"예?"

드드드등

"……!"

적무극의 뒤로 묶은 붉은 머리가 순간적으로 멈추었다.

앞쪽으로 삼백여 명의 혈영이 빠르게 이동하고 있었으나, 아무도 조금 전의 진동을 느끼지는 못한 모양이다.

"누가 이런 거대한 기를 분출할 수 있지? 혹시 그?"

짐작이 가는 사람은 있었다.

혈영을 무려 오십여 명이나 죽이고, 자신의 머리카락을 손가락 한 마디 정도 자른 자였다.

'여의무적도라고 했던가?'

추성의 모습을 떠올렸으나, 사망적혈전까지 백 장도 넘게 남았다는 걸 알고서 이내 고개를 저었다. 그 정도의 실력까지는 아니란 판단 때문이었다.

"누가 와 있든 상관없다. 마벌주란 계집을 잡아다 휘룡이에게 찢어 죽이도록 만들 테니까!"

다 죽어가던 탁휘룡은 사량시의 힘을 받고서야 회생했다.

지금쯤은 끊어졌던 혈맥들이 이어지면서 새롭게 태어나고 있으리라.

"휘룡이가 깨어나게 되는 날… 뇌정우! 네게 뺏긴 아버지의 무공을 되찾게 될 것이다."

사량겁화공에 사량시의 힘이 더해지고 다라패엽공까지 합치게 되면 역대 마마천황의 후예 중 가장 강한 후예가 되리라.

"악성이라 했던가? 그놈도 한꺼번에 처리하게 되면 더욱 좋겠지."

적무극은 추성이 나타난 것을 우연으로 여기고 말았다.

제제가 사망적혈전으로 향했다는 말만 듣고서 온 것이다.

당연히 누군가가 있어 봐야 제제를 데려가는데 별 영향은 없으리라 여겼다.

지금까지 악성이 일위강의 원리를 사용한 경우는, 상대가 내공을 발휘할 때를 기다렸다가 잘라 버리는 경우 외에는 없었다.

모용린을 만났을 때도 그랬고, 추성을 상대할 때도 그랬다.

그러나 처음으로 상대보다 먼저 손을 쓰고 있었다.

또다시 피의 흐름이 멎을까 봐 서두른 탓도 있겠지만, 마엽의 여유로운 얼굴 때문에 더 이상 기다릴 수가 없었던 것이다.

드드드등—

악성과 마엽은 아직 움직이지 않고 있었다.

마엽의 마마천비검은 무형의 기로 나왔다가 악성의 바로 앞에서 유형화 됐고, 그걸 뻔히 보고 있기에 악성은 묵빛 강기막을 떨쳐 내지 못했다.

그것만으로도 주위가 진저리를 쳤다.

악성의 묵빛 검강체가 수평으로 서서히 내려왔다.

마엽이 공격을 멈추는 순간을 노리고 손을 쓰겠다는 의지가 너무도 분명히 느껴지는 동작이었다.

위력이 제아무리 강해도 예고된 공격이라면 막지 못할 이유는 없었다. 더구나 양쪽이 팽팽한 실력이라면 더욱 쉬운 일이었다, 지금처럼.

악성은 마엽이 마마탄비검을 거둬들이며 호흡을 조절하는 순간을 기다렸다는 듯이 검강체를 뻗었다.

큐왕—!

'찌른다고?'

마엽은 순간적으로 멈칫했다.

그의 상식으로는 휘두르기 위해 검강체를 늘인 악성의 행동을 이해할 수 없었다.

'무슨 수작을 부리려는 게냐?'

악성의 검강체를 슬쩍 피하고는 이어질 공격을 기다렸다.

그러나 악성의 검강체에는 어떠한 변화도 없었다.

"……?"

조금 더 기다려도 마찬가지였다.

"큭."

마엽의 입술을 비집고 헛웃음이 흘러나왔다.

"찌르기가 전부였던 게냐?"

"……!"

악성은 뒷골이 쭈뼛 서는 걸 느꼈다.

'좀 더 강하게!'

일위강의 힘을 더욱 늘렸다.

순식간에 검강체의 길이뿐만 아니라, 두께까지 넓어졌다.

피의 순환이 어마어마하게 빨라진 것과 반대로 악성의 얼굴은 창백하게 질려갔다.

지켜보던 마엽이 참지 못하고 크게 웃었다.

"파하하! 하는 짓이 꼭 두꺼비 같구나. 몸집만 불리면 안쪽도 다 채워지는 줄 아는 꼴이란. 큭큭큭!"

"……!"

"크다고 다 위협적인 건 아니다. 무거워서 휘두를 수나 있겠느냐? 파하하!"

"그런 걱정은 막고 나서 하시지."

마엽이 고개를 젖히는 짧은 순간을 놓치지 않고 배는 두꺼워진 검강체를 휘둘렀다.

쉐엑―

"엇!"

바로 앞에 있던 마엽의 신형이 순간적으로 사라졌다.

움직이는 기척조차 없이 사라진 것이다.

휘둘렀던 검강체를 끌어당기며 불시에 날아올 공격에 대비하려 했다.

"가관이군. 뭘 믿고 나선 거지?"

“……!”

마엽이 검강체 끝에 한 발로 서 있는 것이 아닌가.

악성은 자신도 모르게 입술을 잘근 씹었다.

아직은 추성과 싸울 때보다 힘을 내지 않고 있었다.

‘여기서 조금 더 힘을 쓰면 흐름이 또 끊기는 거 아닐까?

그것을 알기에 두 번 모두 전력을 기울이지 못했다.

검강체에 올라선 채로 비웃고 있는 마엽의 표정을 계속해서 보고 있을 수만은 없었다.

마엽은 기다려도 악성이 공격을 해오지 않자, 시큰둥한 얼굴로 주위를 돌아봤다.

“저 강시도 처음에는 제법 하는 것 같더니, 형편없군.”

‘무혼?

악성의 시선이 재빨리 돌아갔다.

장패기는 보이지 않고, 곽명이 어깨를 들썩이며 숨을 몰아쉬는 모습과 무혼이 백왕의 주먹에 형편없이 나가떨어지는 모습이 눈에 들어왔다.

“무혼!”

악성은 어찌 된 영문인지 몰랐다.

아무리 흑강시라도 무혼을 저렇게 만들 수는 없었다.

악성의 목소리를 들어서일까?

무혼은 몸이 바닥에 떨어지기 전, 반응을 보였다.

눈에서는 묵광이 번쩍였고, 달려들던 백왕을 향해 발과 주먹을 마구 쏟아낸 것이다.

푸카카학—!

백왕의 몸이 달려들 때보다 훨씬 빠르게 튕겨져 나갔다.

"호! 백왕을… 헛!"

마엽이 신기하다는 듯이 무혼이 싸우는 모습을 보다가 급히 신형을 허공으로 띄웠다. 발을 받치고 있던 악성의 검강체가 급격히 줄어들었기 때문이다.

당연히 자신을 보고 있어야 할 악성의 시선.

어이없게도 무혼이 있는 곳을 바라본 채로 멈춰져 있는 것이 아닌가.

'이건 뭐지? 강기를 억지로 구현해 내는 걸 보면 한계에 달해서 내공을 거둔 것처럼 보이는데, 아니란 말인가? 강기의 길이가 줄어든 것을 보면 아직은 내공이 있다는 말인데……'

마엽은 줄어들기는 했지만, 여전히 빛나고 있는 묵빛 강기를 바라보며 인상을 썼다. 어쩌면 덩치만 커다란 강기가 아닐지도 몰랐다. 복잡하게 생각할 필요 없이 공격을 해보기로 했다.

마마탄비검 제이초식 탄검유희(彈劍遊戲).

초식을 떠올리자, 그의 전신에서 빛이 빠져나왔다.

츠츠르릇—!

소리로 알아차렸는지 악성이 천천히 시선을 돌렸다.

마엽은 기다렸다는 듯이 여덟 개의 탄검을 악성을 향해 던졌다.

"강시까지 신경 쓸 정도로 아직은 여유가 있는 모양이구나. 그렇다면 바쁘게 해줘야겠지? 받아라!"

촤악—!

여덟 개의 탄검이 허공에서 꼬리에 꼬리를 물며 날아가다 둥근 륜을 이루게 되는 초식이다. 그것만으로도 대단한 위력을 지니고 있었으나,

더욱 가공할 위력은 유형화된 검에 회전력까지 더해졌을 때였다.

이 초식을 막아낸 사람은 뇌정우가 유일했다.

그러나 마엽의 이런 자신감은 탄검유희가 완성됐을 때에나 가능한 일이었다.

악성은 무혼이 반격에 나선 것을 본 후에야 안심할 수 있었다.

저절로 느껴지는 위험.

마엽의 공격을 어떻게 막아야겠다는 생각조차 없었으나, 마엽의 동작이 느린 그림처럼 또렷이 보였다. 무혼을 도와주기 전과 후가 너무도 극명하게 달라져 있었다.

지금도 왜 유독 탄검 하나가 눈에 들어왔는지 모르지만, 그걸 파괴해야 흐름이 끊길 것만 같이 느껴졌다.

츠르릇—

악성은 검강체를 쭉 늘어나게 만들어 목표한 탄검을 깨뜨렸다.

퍽—!

전혀 예상치 못한 악성의 행동에 마엽은 할 말을 잃었다.

"……!"

탄검유희를 저런 식으로 사전에 봉쇄할 줄은 꿈에도 몰랐기 때문이다. 평생 동안 마마탄비검을 익힌 그조차도 몰랐던 허점이 있었던 것이다.

"허!"

정작 기뻐해야 할 악성은 오히려 차분했다.

"첫 번째 했던 공격과 같은 위력이 아니면, 막을 수 없는 공격을 해주지."

"뭐라고?"

악성의 엉뚱한 말에 마엽은 인상을 찌푸렸다.

그러나 악성의 입장에서는 당연한 말이었다.

첫 번째 공격에 비하면 두 번째 공격은 너무 약하게 느껴졌기 때문이다. 게다가 그런 공격을 해놓고 '막을 줄 몰랐다' 는 표정을 짓다니… 도저히 용서할 수가 없었다.

마엽이 여덟 개의 검을 유형화시킬 때만 해도 첫 번째 공격을 떠올리고 긴장할 수밖에 없었다. 그러나 그것들을 일일이, 그것도 천천히 허공에 나열하는 행동을 보인 것이다.

"지금 두 번째 공격이 첫 번째 공격보다 약하다고 했느냐?"

"당신이 더 잘 알지 않소."

'첫 번째 공격이 더 강했다고? 어이가 없군. 이기어검술은 약하고 그에 훨씬 못 미치는 강기가 세다고? 큭큭큭. 저 녀석이 정말 조금 전까지만 해도 자신이 만든 검강체를 들고서 어쩔 줄 모르던 녀석이란 말인가?'

마마탄비검의 마지막 초식을 떠올렸다.

탄검유희를 통해서 나온 여덟 개의 탄검을 하나로 만들어, 그것과 하나가 되는 어검술을 펼치려는 것이다.

"어검술이 어떤 건지 보여주마."

"어검술?"

악성은 추성의 어도술과 부딪치며 피의 흐름이 끊긴 것이 떠올랐다.

'이번에는!'

무혼이 맥을 못 췄던 데에는 이유가 있었다.

억지로 일위강을 끌어내면서 무혼에 대한 생각이 완전히 머릿속에서 떠난 것이다.

지금은 무혼을 생각하는 것만으로도 상황을 짐작할 수 있었다.

"조금 전처럼 놀릴 생각이라면 이번에는 용서하지 않겠소."

"놀렸다고? 갈!"

마엽은 양손을 달이라도 받아내려는 것처럼 쫙 폈다.

곧 탄검이 나올 것이다.

악성이 볼 수 없도록 일부러 뒤쪽으로 불러내는 중이었다.

그때였다.

'응?'

마엽의 눈동자가 살짝 흔들렸다.

익숙하면서도 낯선, 상반된 기운을 한 몸에 지닌 자가 다가오고 있었다.

"누구냐!"

악성도 마엽의 시선을 따라 고개를 돌렸다.

그곳에는 허공에 두둥실 뜬 상태로 붉은 머리를 쓸어 넘기는 청년이 웃고 있었다.

"저 녀석의 실력에 어지간히 놀랐나 보군, 마 사형… 이 개자식아."

"……!"

삼십 년이 지나도 그때와 똑같은 목소리였다.

마엽 역시 곱지 않은 눈으로 노려봤다.

"적무극… 역겨운 모습은 하나도 변하지 않았구나."

"너는 그때보다 더 역겨워진 것 같군."

"큭. 삼십 년을 쥐새끼처럼 지내더니, 이제야 사랑겁화공을 깨달은 게냐?"

"대성한 건 오래전이지, 단지 너희 세 놈을 한꺼번에 요절낼 기회가

오지 않았을 뿐. 저 녀석 하나 어쩌지 못하고 쩔쩔매는 걸 보니, 지금이라면 충분할 것 같은데 말이야. 후후후."

"……!"

싸우는 모습을 지켜보고 있었던 것이다.

마엽은 생각 많은 눈으로 악성을 바라봤다.

"너는 어쩔 생각이냐."

"……."

악성은 적무극이 나타났을 때부터 줄곧 한 가지 생각만 했다.

과연 마엽의 어검술을 받았을 때, 피의 흐름이 끊어질까? 아니, 흐름이 끊어지지 않더라도, 이후에 적무극은 어떻게 상대를 해야 하는가?

오 년 만에 만나는 제제였다.

그럴 바에는…….

"어쩔 수 없지, 두 사람을 한꺼번에 상대하는 수밖에."

마엽과 적무극은 자신들의 귀를 의심해야 했다.

"뭐?"

"크하하하!"

악성은 무혼이 있는 곳을 돌아봤다.

'풍노만 있었어도… 풍노…….'

풍호가 마엽이나 적무극 중 한 명만 상대해 줘도 이후의 걱정은 할 필요도 없었다. 그러나 어찌된 일인지, 장패기와 곽명의 모습만 보이고 풍호는 아직도 모습을 드러내지 않고 있었다.

주위는 점점 적무극이 데려온 혈영들의 옷과 피로 가득했다.

무혼과 흑강시가 싸우는 곳과 북궁운혜가 지키고 있는 담장, 그리고 악성이 있는 곳만이 혈영들의 접근이 없었다.

마엽과 적무극을 죽인다 해도 아직 아리대부인이 남아 있었다.

악성은 더 더욱 풍호의 부재가 안타까웠다.

*　　　*　　　*

후우욱—

오늘따라 바람이 무척 거칠다.

"……."

풍은진은 가슴 한쪽이 답답해져 오는 것을 느끼며 모용린의 거처로 향했다. 이런 느낌은 한 가지 경우가 아니면 있을 수 없었다.

그가 돌아온 것이다.

아니나 다를까,

멀리 지평선을 응시하며 오연한 자세로 낯빛을 굳힌 한 사람이 앉아 있었다.

"언제 왔나요?"

질문이라 느꼈던가?

모용린은 평상시와 다르게 곧바로 입을 열었다.

"며칠 동안 지켜봤다."

"……."

"많이 늘었더구나. 삼선의 후예라 그런가, 접목시킬 것과 버릴 것을 잘 구별하더구나."

"자리를 오래 비우더니 말이 많아졌군요."

모용린은 풍은진의 말을 무시하며 말을 이었다.

"기회를 주겠다."

"……?"

"지난 오 년간 삼황과 삼선의 후예를 모두 만나봤다."

"훗. 목숨을 끊는 것이 단순한 만남인 줄 처음 알았군요."

풍호를 시작으로 삼황과 삼선의 후예들이 죽는 모습을 지켜본 그녀였다. 차라리 '모두 죽였다'라고 말을 바꾼다면 모를까, 가당치도 않은 소리가 아닐 수 없었다.

그러나 그녀가 무슨 말을 하든, 모용린은 일체의 감정 변화 없이 할 말을 끝까지 했다.

"약하지 않았다. 단지, 내가 너무 강해져 버린 탓이다. 지금과 같은 상태라면, 과연 누가 있어 심검을 익힐 수 있을지 모르겠다. 네가 받았으면 하지만, 그러기엔 너무 모자라고."

"……!"

풍은진은 입술을 꾹 깨물었다.

그동안 강해지기 위해서 얼마나 노력을 했던가.

무시당해서가 아니었다. 모용린의 한마디에 대꾸할 말이나, 실력행사의 의지가 무너져 버렸기 때문이다.

억울했다.

당장 승부를 내자고 소리치고 싶었다.

그런 그녀를 자제시킨 것은 모용린의 이어진 한마디였다.

"네게 기회를 주겠다."

"기회?"

"삼황과 삼선의 후예들과 싸워라. 실전은 네게 많은 걸 알려줄 것이다."

‘삼황과 삼선······.’

툭—

두루마리 하나가 풍은진의 발 앞에 떨어졌다.

“그것은 삼황과 삼선의 후예들이 있는 곳을 표시해 둔 지도다. 네가 가든, 그들을 이곳으로 부르든, 그것은 네 마음이다. 하겠느냐?”

풍은진은 일말의 주저함도 없이 고개를 끄덕였다.

“당연한 소리! 당신만 죽일 수 있다면!”

“그럼 서둘러야 할 것이다.”

“······?”

“너까지, 모두 여섯 명에게 그 말을 했으니까.”

“······!”

나머지 다섯 명이야 묻지 않아도 알 수 있었다.

삼황과 삼선의 후예들.

풍은진의 눈동자가 흔들렸다.

뭔가 다른 것을 기대했던가?

자신도 모르게 두루마리를 집어든 손에 힘이 들어갔다.

부르르—

순간적으로 뿜어 나온 그녀의 기를 모용린이 모를 리 없었다.

무표정한 얼굴에 살짝 웃음이 나타났다 사라졌다.

풍은진은 이내 굳은 얼굴로 돌아섰다.

휘이이잉—

대평원의 바람을 뚫고 풍은진이 자신의 시야에서 사라지자, 세상이 무너져도 열리지 않을 것 같던 그의 입이 다시 열렸다.

“…들었으면 자격을 얻으러 가야지.”

주위에 있는 많은 모래 언덕 중 하나가 미미하게 들썩였다.

스스슷─

흘러내리는 모래를 보면서 모용린은 낮게 실소를 흘렸다.

그러나 그의 입에서 나온 웃음소리가 평범할 리 없었다.

바람과 만나면서 웃음소리는 사라지고 기이한 소리를 내기 시작했다.

삐익─ 삐이익─!

두 번 정도 바람이 울 때였다.

갑자기 들썩였던 모래 언덕이 터져 나갔다.

푸카학─!

"……"

웅덩이로 화한 곳에는 아무도 없었다.

물론 모용린은 터지기 직전에 한 인영이 무서운 속도로 그곳을 빠져나갔다는 걸 알고 있었다.

실력이라도 과시할 모양인지, 훤칠한 키에 범상치 않은 기도를 풍기는 사내가 허공에 멈춰 서 있었다.

"생각보다 젊군."

대평원에 도착한 지 하루쯤 지났을까?

사내가 접근하는 것을 알았다.

처음에는 지금까지 그래왔던 것처럼 모른 척 내버려 두어 풍은진이 처리하게 만들려 했다. 그러나 사내가 뿜어내는 기운이 낯설지 않았다.

바로 삼극무황의 후예라고 자처했던 백리풍 등의 기운과 똑같았다. 사내는 바로 모용린의 흔적을 쫓아 대평원까지 오게 된 백리천이었다.

“그들 셋을 합친 것보다 강하구나.”

백리천의 흔적을 찾지 못해 손을 안 쓴 것이 아니었다.

백리풍 등의 흔적을 쫓아 여기까지 왔음에도 살기를 감추고 하루 이상을 참고 있는 점을 인정했기 때문이다.

백리천이 처음으로 입을 뗐다.

“인정한 거라 여기겠소.”

“세 가지 기운을 모두 지녔군. 손, 발… 무기?”

“상관할 바 아니오.”

“망설일 수밖에. 어떻게 상대할지 떠오르질 않겠지.”

“……!”

마음속을 꿰뚫어 보는 것 같았다.

백리천은 모용린을 발견했을 때만 해도 적당한 기회를 봐서 죽이고 돌아가려 했다. 그러나 시간이 흐를수록 기회는커녕 점점 두려움 때문에 시도조차 할 수 없었다.

지금도 모용린이 아니었으면 나오지 못했으리라.

한 번.

그 이상은 무의미했다.

아버지가 어떻게 죽었는지 눈앞에 훤히 그려졌다.

삼극무황동 밖의 거대한 변화를 떠올리자, 세 사람이 모용린과 싸우며 겪었을 고충이 절절히 다가왔다.

도대체 누구냐, 어떤 자이기에 숨 쉬는 공간까지 자신의 의지로 조종한단 말이냐!

“대… 단…….”

삼극무황의 진전이 고스란히 몸속에 있음에도 목소리가 떨렸다.

전신의 신경은 조심하라고 경고를 보냈고, 움찔거리는 팔과 다리를 진정시키기 위해 안간힘을 썼다.

'지금이 아니면 공격할 기회도 없을 것이다. 지금이다!'

마음을 다잡고 이를 악물 때였다.

모용린이 먼저 말을 건넸다.

"아깝다. 지닌 내공은 능히 어검술을 자유자재로 펼칠 수 있으나, 세 가지 기운이 제멋대로 나뉘어져 있구나."

"당신이… 걱정할 문제가 아니오."

"뒤를 보고도 그런 말이 나올까?"

'뒤?'

백리천은 자신도 모르게 뒤를 돌아봤다.

"헉!"

그곳에는 시퍼런 눈을 빛내며 백리천을 노려보는 검이 있었다.

이글거리는 눈처럼 아지랑이를 피워 올리는 투명한 검.

모용린이 죽일 생각만 있었어도 벌써 고혼이 되었으리라.

식은땀이 등을 타고 내려갔다.

풍호가 명무상을 제외한 네 사람과 만난 것은 산서성에 들어서기 바로 직전이었다.

그냥 지나치려는 풍호의 귀에 익숙한 이름이 들린 것이다.

대공을 어떻게 상대하겠다는 얘기들.

그러나 풍호가 이성을 잃게 만든 것은 대공이란 이름보다 한 여인에 관한 얘기 때문이었다.

대뜸 '여자는 어디 있느냐!' 고 큰 소리를 쳤고, 순순히 대답해 줄 그들이 아니기에 싸움이 일어났다.

처음부터 반야무극선의 무공을 펼치는 그를 그들이 당해낼 리가 없었다.

싸움은 불과 오십여 초 만에 끝났고, 풍호는 풍은진을 찾아 대평원으로 향했다.

그것이 벌써 칠팔 일 전의 일이었다.

물 한 모금 마시지 못하고 물어물어 달려온 대평원, 이곳 어디에서 풍은진을 찾는단 말인가.

주루는 물론이고 그늘진 곳도 찾을 수가 없었으나, 다행스럽게도 얼마 지나지 않아 멀리서 한 명의 사내가 걸어오고 있었다.

반가운 마음에 신법을 펼쳐 그의 앞까지 단숨에 날아갔다.

'응?'

사내는 내려선 풍호를 본 척도 안 하고 지나쳤다.

슥—

그제야 풍호는 모래바람과 뜨거운 태양만 있는 곳에 늘적거리며 나타난 사내가 평범할 리 없다는 걸 깨달았다.

"이보게."

"……."

사내는 풍호의 말을 무시하고 계속 걸어갔다.

풍호는 당장 때려죽이고 싶은 마음 간절했지만, 손을 들어 끌어당기는 시늉을 했다.

"한 가지만 묻……."

당연히 꼼짝도 못하고 멈춰 설 줄 알았던 사내.

이전과 변함없이 흐느적거리며 계속 걸어갔다.

“……!”

천 근 바위라도 당길 수 있는 힘을 무시하고 걷는 것이다.

풍호가 황당한 눈으로 서너 걸음을 움직이는 사내를 주시할 때였다. 마치 한 대 맞고서 한참 지난 뒤에 자신이 맞았다는 걸 알았다는 듯한 표정으로 돌아서는 것이 아닌가?

“당신… 누구지?”

풍호는 인상을 찌푸리며 오히려 되물었다.

“버릇이 없는 놈이구나.”

“답부터.”

‘이놈 봐라?’

눈빛이 지나치게 담담했다.

정체부터 밝히고 싶었으나, 대공을 찾는 것이 급선무였다.

대평원 저편에서 건너왔으리라.

“난 풍호라 한다. 손녀를 찾으러 왔다.”

“손… 녀? 이곳에서?”

“대공이란 자가 오 년 전에 데려갔다.”

“대공!”

“알고 있느냐? 그는 어디 있지?”

백리천은 다가와 양팔을 잡으려는 풍호의 손을 피했다.

풍호가 말하는 손녀가 모용린과 얘기를 나누고 떠난 풍은진임을 직감적으로 알았다.

백리천의 전신은 멀쩡해 보였으나, 실제로는 엉망이 되는 것보다 못한 상태였다. 모용린의 심검과 마주한 순간, 아무것도 할 수가 없었다.

“그는…….”

“어디 있느냐!”

백리천은 풍호의 열망에 찬 눈을 보며 순간적으로 대답하길 망설였다. 알려주면 풍호는 죽는다. 백리천 역시 압도적인 힘이 어떤 것인지를 절감하고 돌아가는 길이잖은가.

어이없게도 모용린은 자신을 상대할 수 있는 방법까지 자세히 알려주었다. 게다가 삼황과 삼선의 후예들을 꺾으면 자연히 알게 된다는 말을 남기는 배려까지 베풀었다.

아마도 풍호가 잡아 세우지 않았다면, 백리천은 그대로 폐인이 되었을지도 몰랐다. 그만큼 엄청난 충격을 받은 상태였다.

그것이 고마워서라도 알려주는 것이 도리일 것이다.

“이곳에 없소.”

“뭐라고?”

“하지만 당신의 눈을 닮은 여자는 봤소.”

“……!”

“엇갈린 듯하오. 떠났소, 반나절쯤 전에.”

“반나절! 어디로, 어디로 갔느냐!”

풍호의 절박한 외침이 백리천의 귀에는 웅얼거리는 소리로밖에 들리지 않았다.

어디로, 어디로…….

풍은진의 행방을 묻는 질문이, 백리천 자신이 앞으로 어떻게 해야할지에 대한 질문으로 들렸다.

“삼황과 삼선의 후예를 찾아서…….”

“……!”

멍한 눈의 백리천이 정신을 차렸을 때는 이미 풍호의 신형은 사라지고 없었다.

＊　　　＊　　　＊

어검술의 경지에 오른 두 사람을 동시에 상대한다?

어검술만으로도 전설적인 고수로 불리기에 하등 손색이 없는 경지였다. 그런 경지에 오른 고수 둘을 상대하려면 적어도 심검의 경지가 아니면 불가능한 일이다.

그것을 지금 악성이 하려고 하는 것이다.

자리를 피한 후 계속해서 위지무를 찾던 제제의 시선이 허공에 멈춘 채로 움직이지 않았다.

악성의 의도를 읽었기 때문이다.

"저 둘을 상대하겠다는……."

바보 같은 건 오 년 전이나 지금이나 변함이 없었다.

고집 역시 마찬가지이리라.

쾅―!

좌측에서 무혼이 백왕과 충돌했다 떨어지는 모습이 보였다.

바닥에 쓰러진 징패기를 그제야 볼 수 있었다.

태평한 놈이라 여기고 말았으나, 곽명의 외침으로 인해 상황이 심각하다는 걸 알게 됐다.

"장 대협, 정신 차려요! 형님께서 오실 때까지만 참으라고요!"

제제는 급히 허공을 쳐다봤다.

악성이 곽명의 목소리를 들었으면 어쩌나 싶은 마음에 걱정을 한 것이다.

악성은 살이 갈라지는 고통을 느끼면서도 더욱 힘을 끌어올렸다. 피의 순환과 반응하여 나타나는 무무환의 묵빛 강기가 또다시 거대한 검강체를 만들어냈다.

이미 한 번 상대해 본 마엽은 코웃음 쳤다.

"같은 수법을 사용하겠다는 게냐?"

반면에 적무극은 이채를 발했다.

'겨우 이 정도의 공격에 마엽, 저 자식이 그런 표정을 지었다고?'

당연한 생각이었다. 악성의 검강체에서 나오는 기운이 생각보다 훨씬 약했다. 하지만 눈앞의 상황을 곧이곧대로 믿기에는 이전에 보여주었던 악성의 인상이 강했다. 방심시키려는 마엽의 얕은 수작일지도 모르잖은가.

그러나 시간이 흐를수록 적무극의 표정이 이상해졌다, 악성의 검강체에서 뿜어지는 기운이 강하기는 하지만, 전혀 자연스럽지 않고 어색해 보이는 것이다.

'뭐지?'

적무극이 의아한 눈으로 마엽을 돌아보자, 마엽은 알아서 궁금증을 풀라는 듯이 묘하게 웃었다.

'그렇게 웃을 수 있는 것도 지금뿐이다. 저 녀석을 죽인 후엔 네 차례니까.'

츠츠르릇―

마엽은 비늘처럼 생긴 검을 손에, 적무극은 다라패엽신공을 뿜어내어 몸을 감쌌다.

적무극의 반응은 다분히 마엽을 의식한 행동이었다.

만약이라도 마엽이 공격 방향을 바꾸면 큰일이잖은가.

그런 적무극의 내심을 알았는지, 마엽은 마마탄비검을 흔들며 조용히 웃었다.

'네놈의 성격이 어딜 갔나 했다. 큭큭큭.'

적무극이 슬쩍 한마디 건넸다.

"너희 세 종자가 아버님을 암습했다는 걸 잊을 뻔했다."

두 사람이 신경전을 벌이고 있을 때였다.

드드드등—

악성의 커져만 가는 검강체를 보며 두 사람은 각기 다른 탄성을 질렀다.

"음?"

"하!"

악성이 검강체의 크기를 늘리기 위해 전력을 다하는 모습이 이제는 우스워 보이기까지 했다.

적무극은 무기가 길면 길수록, 크면 클수록 다루기 힘들다는 것을 떠올리며 웃었고, 마협은 똑같은 수법이 두 번이나 통할 것이라는 악성의 안이한 생각에 웃었다.

진지하기만 한 악성은 두 사람이 어떻게 생각하든 고집스럽게 일위강을 끌어냈다.

"끄음……."

마엽과 싸울 때처럼 안색이 창백해졌다.

저 상태라면 마엽이든, 적무극이든 한 사람도 상대하기 힘들었다. 마엽은 마마탄비검을 거두며 적무극을 쳐다봤다.

"양보하마."

"내가 너희 세 종자를 모를까? 선심 쓰는 척하지 말고 검을 잡으시지?"

"네가 저 녀석을 죽일 때까진 손을 쓰지 않으마."

"그 말을 믿으라고?"

"어차피 믿지 않을 바에는 빨리 끝내주는 것이 낫지 않겠느냐? 저런 멍청한 수법을 상대로 둘이서 손을 쓰는 꼴이 우스워서 그렇다."

마엽의 말도 일리가 있었다.

"왜 저런 엉성한 수법을 단숨에 깨지 못했는지 모르지만, 너와 다르다는 것을 보여주기로 하지."

"쿡. 그렇게 해라."

세 사람의 기가 허공에서 한 번씩 부딪칠 때마다 아래쪽에서는 싸움을 멈추고 눈치를 보는 사람이 늘어났다.

악성이 검강체의 길이를 늘이면서 변화가 일어난 곳은 따로 있었다. 무혼의 동작이 무섭게 빨라지기 시작한 것이다. 검은 피부는 더욱 까매졌고 눈동자만이 유리알처럼 빛났다.

백왕과 괴룡은 곽명의 강기 화살이 날아오는 빈도수가 뜸해지면서 합공으로 무혼을 괴롭혔다. 약속이나 한 듯 양쪽에서 번갈아가며 무혼을 몰아붙였다.

제제는 장패기의 움찔거리는 몸을 바라보며 혀를 찼다.

"그렇게 주절거릴 때부터 알아봤어."

이보반을 움켜쥔 채로 의식을 잃은 상태였다.

이만큼이나 버틴 것도 기적에 가까웠다.

유일하게 아직까지 버티고 있는 사람은 곽명뿐이었다.

지금까지 곽명은 수도 없이 강기 화살을 쏘아댔다.

아마도 이번 화살이 마지막이리라.

슝—

혼신을 다해 날린 곽명의 화살이 백왕의 등에 작렬하려는 순간,

퍽—!

제제는 자신도 모르게 분개했다.

"제길!"

아리운을 보호하던 화룡이 어느새 나타나 곽명의 화살을 주먹으로 부순 것이다.

곽명은 씁쓸한 웃음을 지었다.

"쿨럭… 끝인가. 하하……."

천궁을 쥐고 있는 왼쪽 어깨가 무거웠다.

그때였다.

쾅—!

"……?"

제제는 재빨리 소리가 들린 곳으로 고개를 돌렸다.

"무혼……?"

백왕의 주먹을 어깨로 받아낸 무혼은 반탄력으로 회전을 하더니, 그대로 괴룡의 얼굴을 걷어찼다.

갑작스런 무혼의 활약에 제제는 깜짝 놀랐다.

덕분에 곽명을 노리던 화룡이 방향을 틀었다.

'혹시 저걸 노리고……?'

걱정은 더 이어지지 않았다.

강기에도 뚫리지 않는 몸을 지닌 강시 셋이 무혼을 에워쌌기 때문이

다. 이전에도 불리했지만, 이젠 정말 도와줄 사람 한 명 없는 최악의 상황이 된 것이다.

그러나 제제의 걱정과 달리, 무혼은 마치 지금 싸움을 시작한 것처럼 전신을 가볍게 흔들었다.

'뭐지? 저 모습은 마치 재미있는 장난감을 보는 것 같잖아?'

제제는 착각이라 여기고 고개를 흔든 후에 다시 쳐다봤다.

쾅―!

잠시 한눈판 사이, 거친 폭음이 터지며 놀라운 광경이 눈에 들어왔다.

분명히 무혼의 신형이 백왕의 정면에 있었던 것 같은데, 어느새 백왕이 있던 자리로 가 있었다.

제제는 자신도 모르게 중얼거렸다.

"빠르다⋯⋯."

정말 빨랐다.

백왕을 날려 버린 무혼은 여유있게 머리까지 쓸어 넘겼다.

그 모습이 어찌나 여유있어 보이는지 옆에서 지친 표정으로 숨을 몰아쉬던 곽명이 웃었다.

"하⋯ 하하⋯⋯!"

제제는 곽명의 웃음을 들으며 피식 웃었다.

악성이 마엽과 적무극을 상대하는 곳엔 안개처럼 뿌연 공간이 만들어져 있어, 안쪽이 보이지 않았다.

고요한 공간.

그 안에서 일어나고 있을 싸움을 떠올리자, 답답함이 그녀의 마음을 묵직하게 만들었다.

다시 무혼을 돌아봤다.

피부가 조금 전보다 더욱 검게 변했다.

움직임은 더욱 빨라졌고, 그에 따른 주먹과 발의 위력 또한 점점 강해져만 갔다.

빠강―!

발로 차고, 다가오면 끌어당겨 던져 버리는 것은 물론이고, 허공을 마치 물속처럼 유영하며 어디서 나타날지 모를 정도로 휘젓고 다녔다.

'빨라지기는 했지만, 그것만으로는 안 돼.'

제제는 자신의 소수가 무혼의 주먹보다 약하지 않다고 생각했다. 그렇다면 아무리 무혼이 잘 때린다고 해도 흑강시들이 부서질 리 없었다.

기회가 생기면 도와주기 위해 암암리에 진기를 손에 집중시켰다. 적어도 '까르르' 웃는 목소리를 듣기 전까지는 순조로웠다.

픽―!

곽명을 걷어찬 아리운이 무서운 속도로 제제를 향해 손을 뻗어왔다.

번쩍.

무기를 들고 있었다.

제제는 진기를 끌어 모으는 중이라 당황할 수밖에 없었다.

그때였다.

"꺼져!"

획―

"엇, 장패기!"

언제 정신이 들었는지, 장패기가 제제를 밀쳐 내고 가슴을 내밀었다.

푹―

“……!”

제제는 멍한 표정으로 장패기의 뒷모습을 바라봤다.

“한 가지만… 약속해 주슈.”

“…….”

“이놈들… 징그럽게 단단… 컥컥… 이보반으로도 막을 수 없었다고… 말이우.”

말을 간신히 마친 장패기는 이보반을 그었다.

슈왁―

그러나 이보반은 아리운의 머리 한 올 건들지 못했다.

텅―!

화룡의 팔이 이보반을 쳐냈다.

“제길… 강시하고 정이라도 통했… 아아… 풍노… 보고… 끄륵…….”

스르르―

너무 순식간에 일어난 일이라, 제제는 물론이고 곽명도 믿을 수가 없었다.

제제는 볼이 근질거렸다.

눈물이 뺨을 지나 입가로 흘렀다.

눈에 보이는 사람은 오로지 아리운뿐이었다.

“이 계집… 죽엇!”

화룡이 돕든 말든 무조건 아리운을 향해 소수를 뻗었다.

흠칫.

아리운은 제제의 눈빛을 접하고 자리에 주저앉으며 화룡을 불렀다.

“막아!”

희미한 인영이 제제의 손과 부딪쳤다.

쩌정─ 푹─!

각기 다른 두 가지 음향이 터지며 정적이 찾아왔다.

하나는 제제의 소수가 화룡의 몸에 작렬하는 소리였고, 다른 하나는… 그녀의 옆에서 난 소리였다.

그제야 곽명이 숨을 가쁘게 몰아쉬며 천궁을 떨어뜨렸다.

"헉헉… 그걸… 맞고도… 살아나면… 내가 천궁무백… 의 아들이 아니… 다."

그 말을 끝으로 곽명은 정신을 잃고 말았다.

털썩.

그러나 두 사람의 노력과는 상관없이 화룡의 손이 멀쩡하게 흔들리는 것이 아닌가.

퍽─!

"컥!"

제제는 이어질 공격을 떠올리며 눈을 감았다.

그러나 당연히 이어질 줄 알았던 공격은 거기서 멈췄다.

슬며시 눈을 뜬 제제의 표정에 놀람이 떠올랐다.

그녀의 앞에 무혼이 서 있었기 때문이다.

"아!"

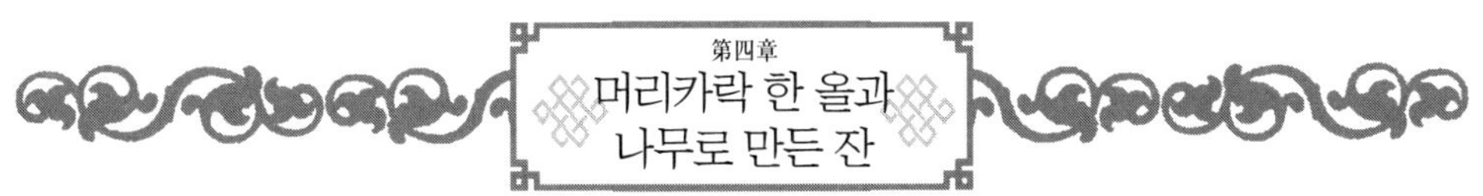

第四章
머리카락 한 올과
나무로 만든 잔

무 혼의 변화는 당연했다.

　악성의 신경 한 부분이 무혼에 닿아 있고, 계속해서 무무환의 힘을 깨우니 달라질밖에.

　그러나 정작 악성은 자신의 몸을 깨우지 못하고 있었다.

　악성이 만들어놓은 공간은 어느새 마엽과 적무극의 공간으로 변했고, 거미줄처럼 들어찬 그들의 기운으로 인해 악성의 움직임은 모두 읽혔다.

　적무극이 짜증스런 목소리로 악성을 불렀다.

　"겨우 이 정도 실력으로 휘룡이를 상대했느냐? 혹시 우리 둘의 발목을 묶어두기 위해서? 그 이유라면 충분히 성공했다. 이젠 그 동굴에서 보여줬던 너로 돌아가라."

　'동굴? 그곳에서 다른 모습을 보였나?'

마엽은 적무극이 모르는 악성의 진짜 모습을 자신만 알고 있다고 여겼기에 일부러 뒤로 물러서 있었다. 그러나 적무극도 뭔가를 알고 있다면 얘기는 달라진다.

"이봐, 적 사제, 뭔가 알고 있는 모양인데, 끌어내지 그래?"

"누가 사제야! 그 입부터 찢어버리기 전에 가만히 있어!"

"살려달라고 눈물, 콧물 짜던 놈이 큰 소리는… 큭."

"뭐, 뭐라고! 개자식이 어디서 입을 함부로 놀려!"

적무극은 눈동자를 새빨갛게 만들고는 그대로 마엽을 향해 손을 썼다. 그러나 아무리 갑작스런 공격이라 해도 당황할 마엽이 아니었다.

"네 아비는 우리한테 무공을 전수할 마음이 없었어. 사량겁화공을 왜 네게만 전했게? 나중에 우리들의 내공을 네게 전하려 했던 것이야. 대사형이 그걸 알고서 그 성격에 가만히 있겠느냐? 개자식은 내가 아니라, 네 아비야!"

"크아아아!"

붉은 고리가 세 개에서 여섯 개, 다시 열두 개로 늘어났다.

단 한 개로 발록천존을 꼼짝 못하게 만들었던 그 붉은 고리였다.

"큭큭큭. 마마천황경을 상대하기 위해 익힌 무공이더냐? 우습구나."

탄검유희.

'촤라락' 하는 소리와 함께 유형화된 검들이 하나로 뭉치기 시작했다.

"어검술!"

"큭큭. 왜, 그동안 준비해 온 것이 소용없게 됐느냐?"

"내가 놀란 걸 오해하고 있군. 이걸 보고서도 지껄일 수 있나 보자."

적무극의 말이 끝나자마자 마엽을 향해 날아가던 붉은 고리들이 순식간에 봉(棒)의 형체로 바뀌었다.

곧 검과 봉이 충돌을 일으킬 기세였다.

그 중간에 길이만 길 뿐, 아무것도 하지 못하는 악성의 검이 초라하게 놓여 있었다. 정말 초라했다, 마엽과 적무극 중 어느 한 사람과 싸워 이길 자신도 없으면서 둘을 상대한다고 말까지 해놓다니.

영락없이 덩치 큰 소를 상대하기 위해 배만 뽈록하게 내민 꼴이 아니고 뭐겠는가.

씁쓸한 웃음이 얼굴 전체에 퍼졌다.

동시에 맥이 탁 풀리며 기운이 빠졌다.

츠츠르릇—

일위강으로 키워놓은 검강체가 급격히 감소했다.

'또 줄어든다.'

악성을 흘깃 바라본 마엽은 기운을 거두며 모습을 드러냈다.

"읏!"

적무극은 마엽의 행동에 재빠르게 대응했다.

"왜, 겁이 나느냐?"

마엽의 시선이 악성을 향해 있었다.

"드디어 다시 나왔구나."

적무극은 마엽의 시선을 따라 악성을 쳐다봤다.

"……?"

특이할 만한 변화는 찾을 수가 없었다.

거대했던 악성의 검강체가 많이 줄어들었다는 정도?

자신없어 피한 것이라 여겼다.

"후후후. 피하는 방법도 여러 가지구나."

마엽이 어이없는 눈으로 적무극을 쳐다봤다.

"피한다고? 내가? 크하하하!"

"웃음으로 숨겨질 것 같으냐? 저놈이 죽은 후에도 피할 수 있는지 한 번 보자."

핑계 거리부터 없애면 말이 쏙 들어가리라.

"또 핑계를 생각하려는 모양이지?"

"핑계? 큭큭큭. 마음대로 생각해라."

"……."

너무 태연하게 대답하는 것이 마음에 걸렸으나, 적무극은 선기를 잡았다는 생각에 무시하고 말았다.

적봉을 원래 형태의 붉은 고리로 흩어지게 만들더니, 손짓으로 악성을 향하도록 했다.

개개의 붉은 고리들은 눈이라도 달렸는지, 적무극의 손짓에 따라 악성을 짓쳐들었다.

이런 식으로 이기어검을 펼친 사람은 아무도 없었다.

마엽도 이채를 발하며 적무극의 행동을 유심히 살폈다.

"……."

악성은 둘이서 하는 말이 귀에 들어오지 않았다.

맥이 풀린 상태라 멍하기만 했다.

'또 놀리려는 것인가?

마엽도 그러더니, 적무극도 일부러 붉은 고리들의 궤도를 보여주고 있었다.

두 번이나 놀림을 받을 줄이야.

깨뜨리려 할 때는 보이지 않던 흐름이 선명하게 보였다.

마엽의 탄검유희를 사전에 봉쇄시켰던 그 눈이 되돌아오긴 했으나, 아직까지 인지하지는 못하고 있었다.

'여섯 번째 붉은 고리가 겹치기 전에 자르면……'

무의식중에 여섯 번째 붉은 고리를 쳐다봤다. 그러자 악성의 손에서 묵빛 검강이 일직선으로 쭉 뻗어나갔다.

마엽이 감탄성을 터뜨렸다.

"역시 우연이 아니었구나!"

탄검을 파괴시킨 그 모습 그대로였다.

적무극은 마엽의 탄성에 비웃음을 날렸다.

"감탄할 일도 어지간히 없었던 모양이구나. 큭큭!"

악성의 검강은 곧 튕겨져 나갈 것이다.

서걱—!

'응?'

붉은 고리가 검강과 부딪쳤는데 오히려 반으로 잘린다?

이내 붉은 고리의 형체는 공중에서 사라지고 말았다.

"헉!"

열 개의 손가락 중 하나가 사라진 것만큼이나 강렬한 충격이 적무극의 전신을 휩쓸었다.

붉은 고리 하나하나는 그의 내공과 마찬가지였다.

내공의 일부가 사라진 것이다.

마엽을 상대하기 위해 전력을 기울이지는 않았으나, 결과는 너무 어이없었다.

"이게 무슨 수법이냐."

"일위강… 의 원리요."

“일위강?”

적무극의 입장에서는 악성이 사용한 무공이 일위강이든, 뭐든 상관없었다. 그저 자신의 체면을 손상시킨 무공이란 사실만 중요했다.

“다시 한 번 받아봐라.”

마엽은 적무극 만큼이나 놀랐다.

‘내 탄검도, 적무극의 붉은 고리도 잘렸다. 아마 적무극도 느꼈을 것이다, 저 녀석의 검강에 잘리면 잘린 만큼 내공이 사라진 것을. 내공을 자르는 무공이 존재할 수 있나?

의문이 아니라, 이미 머릿속으로는 판단을 내린 후였다.

확인도 했지 않은가.

뇌정우를 대할 때마다 불끈 치솟는 질투가 다시 고개를 내밀었다. 닮았다. 비슷한 점이라고는 눈을 씻고 찾아봐도 없는 악성의 무공이 그의 무공과 닮았다, 꺾고 싶어 미치게 만들지만 결과적으로는 언제나 도전할 수밖에 없는 그의 무공과.

악성은 부끄러움으로 얼굴이 화끈거렸다.

일위강의 원리는 생각 속에서 재단하고 만들어내어 틀에 끼울 수 있는 것이 아니었다.

‘내가 가진 일위강의 원리는 한 올 머리카락부터 시작된다는 것을 또 잊었구나.’

지금까지 단 한 번도 내공이란 것을 익혀본 적 없으면서, 평생 내공만 익힌 자들 앞에서 내공으로 싸우려 했던 것이다.

모용린의 영향이었다.

내공을 익힌 사람이 일위강의 원리를 깨뜨렸으니, 내공에 대해서 신경이 쓰이지 않을 리 없었다.

그러나 일위강은 원리일 뿐, 일반 무공들처럼 검강이니, 이기어검이니, 어검술이니, 심검이니, 하는 단계와는 무관했다.

어린아이가 태어나면서부터 입고 있는 옷을 '옷'이라 부르던가?

아니다. 어른들이 '이건 옷이다' 라고 말해줌으로서 그것이 옷이란 것을 인식하게 되는 것이다.

생각이 정리되자, 마음이 편해지며 혼자서 피식거렸다.

"후후후……."

전신에 힘이 하나도 남아 있지 않은 것 같았다.

"……!"

갑자기 미치기라도 했던가?

적무극의 성난 얼굴이 완전히 구겨지고 말았다.

"놈!"

적무극은 악성의 힘을 아직 느끼지 못하는 모양이지만, 마엽은 벌써 두 번째였다.

요행으로 두 번이나 같은 경우를 당할 수 있을까?

그것도 마엽이나 적무극과 같은 고수들이?

'과연…….'

마엽의 눈에 적무극이 만들어낸 붉은 고리가 하나둘씩 늘어나는 것이 보였다. 붉은 고리들은 적봉으로 화했고, 적무극의 신형은 적봉에 가려진 듯 사라지고 없었다.

후와악—

적봉이 악성을 바라보며 누웠다.

그것만으로 세 사람의 공간은 크게 휘청거렸다.

악성이 조금만 늦게 힘을 거두었어도 저 폭풍과 같은 흐름에 묻혀 죽었으리라.

적봉의 흐름이 모두 보였다. 너무 선명해서 바라보고 있는 악성이 민망할 정도로 또렷했다.

'자를 수 있다. 하지만 과연 힘이 들어갈까?

적무극의 모습은 적봉 속에 가려져 보이지 않았다.

하나가 된 것이리라.

악성의 입장에서는 어검술이 상대하기 편했다. 이기어검은 사람과 무기를 모두 잘라야 한다는 부담이 있으나, 어검술은 잘라야 할 대상이 하나이기에.

추성과의 싸움에서 얻은 성과가 하나 있다면, 일위강의 원리를 깨뜨리는데 사용하면 안 된다는 것이다. 원리란, 전체가 아니라 근원을 이루는 뿌리기 때문이다.

적무극의 적봉과 악성의 검강체가 닿았다.

투학―!

순간, 적봉의 형상이 악성의 눈에 크게 확대되었다.

적무극의 내공이 만들어낸 흐름은 이미 붉은 고리가 잘렸을 때부터 흐트러진 상태였다. 그것을 알기에 무의식중에 모자란 곳을 채우려 했으리라.

불규칙하게 흐르며 끊어진 곳이 보였다.

슥―

무무환을 통해서 나온 묵빛 강기로 적봉의 끊어진 곳을 채웠다.

츠와― 왑―!

원하는 곳을 향해 묵빛 강기가 빠르게 스며들었다.

뒤쪽에서 지켜보던 마엽은 적봉이 코앞까지 다가왔는데 가만히 바라보고만 있는 악성을 보며 속으로 쾌재를 불렀다.

'굳이 손을 쓸 필요도 없구나.'

생각이 채 끝나기도 전이었다.

마엽의 입이 쩍 벌어지며 굳어버리고 말았다.

푸학─!

적봉을 이루고 있던 첫 번째 붉은 고리가 갈라졌다. 아니, 산산이 부서졌다는 표현이 옳았다. 그렇게 두 번째, 세 번째 붉은 고리가 흩어졌을 때에야 적무극이 모습을 드러냈다.

전신의 혈관이 모두 터져 버려 피투성이였다.

"이… 이런… 말… 커헉……!"

촤악─!

나머지 붉은 고리가 완전히 사라지는 것과 동시에 적무극의 몸도 터져 나갔다. 불균형의 상태가 된 공간이 그의 몸을 내버려 둘 리가 없었다.

스스슷─

먼지로 화해가는 적무극의 몸을 바라보며 마엽은 진저리를 쳤다.

"미, 미친… 이런 무공이… 으으……!"

불안함은 탄검을 일제히 공중에 떠오르게 만들었고, 지친 표정의 악성을 향해 그대로 날아갔다.

어검술.

적무극의 어검술과 다른 형태이긴 하지만, 탄검유희와 한 몸이 된 그 상태는 영락없는 어검술이 분명했다.

츠츠츠츳—!

"……."

악성은 탄검을 바라보면서도 아무런 행동을 취하지 않았다.

뭘 어떻게 해야겠다는 생각조차 못한다는 말이 옳았다.

일위강을 끌어낼 때 이미 지쳤고, 연속되는 공격에 완전히 녹초가 되고 말았다.

한 번 정도 손을 들 힘이나 있을까?

적무극이 왜 당했는지를 알기에 탄검유희는 정직한 공격을 펼치지 않았다. 주위 공간을 최대한 흔들었고, 악성의 공격과 정면으로 부딪치지 않았다.

스팟—!

"큭!"

악성의 어깨와 다리가 동시에 베어지는 것을 시작으로 마엽의 공격은 치사해졌다.

"그렇게 지친 표정으로 서 있으면 적무극처럼 대뜸 덤벼들 줄 아느냐? 어림없다. 네놈의 이상한 수작을 안 이상 속지 않는다."

스팟—!

이번엔 등이 화끈거렸다.

"……!"

악성의 고개가 뒤쪽으로 돌아갔다.

공격을 가한 마엽이 아직까지 뒤쪽에 남아 있을 리가 없잖은가.

그러나 악성의 시선은 한 곳을 바라보며 멈춰 있었다.

인간의 육체를 지닌 이상 어검술을 펼칠 수 있는 횟수는 정해져 있기 마련이다. 물론 그러한 이치를 악성이 알 리 없었다.

두 번 정도 숨을 들이마실 시간이나 지났을까?

마엽이 웃음소리와 함께 모습을 드러냈다.

악성이 지켜보고 있던 곳이었다.

"어떻게 내가 숨어 있다는 걸 알았느냐?"

"……."

"적무극을 죽인 것이 요행이 아니란 걸 알기는 했지만, 이 정도까지 대단할 줄은 몰랐구나."

"그냥 그곳에 있다는 걸 알게 됐소."

"푸하!"

"……."

"이제 끝내기로 할까? 이미 탄검에 당한 네 몸속에는……."

악성이 고개를 슬쩍 들어올리며 말을 끊었다.

슥―

"현월의 기운을 말하는 거라면 후회할 거요."

"그게 무슨 소리지?"

"독으로 작용해야 할 현월의 기운이 내겐 독이 되지 못한다는 소리요. 잊고 있는 걸 내 몸이 알려주더군."

'검강을 유지할 정도도 못 되면서 말은…….'

시험해 보면 알 것이 아닌가.

마엽의 신형이 제자리에서 꺼지듯 사라졌다.

팟―

마치 기다리기라도 했단 말인가?

악성의 시선이 아주 자연스럽게 오른쪽으로 이동했다.

마엽은 공간에 몸을 숨긴 채로 깜짝 놀랐다.

‘······!’

우연이 아니었던 것이다.

더 이상 무의미한 술래잡기는 악성의 기운만 회복시켜 줄 위험이 있었다.

콰우—!

류의 형상을 이룬 탄검을 타고 무서운 속도로 공격해 왔다.

쿠콰콰콰—!

‘이번에 끝낸다!’

이미 적무극이 당하는 모습을 지켜본 후였다.

정면 공격을 했다가 또 무슨 황당한 일을 겪을지 모르기에 악성과 정면으로 부딪치지 않으면서도 한 번에 죽일 수 있는 방법을 강구했다.

류이 다가갈 때 막으려 할 것이고, 그 순간을 노려 류을 해체하면 당황한 채로 죽을 수밖에 없으리라.

악성은 엄청난 속도로 움직이는 류을 놓치지 않았다.

그러나 섣불리 공격을 하지 않자, 잠시 시선을 거두었다.

‘이때다!’

마엽은 쾌재를 부르며 악성의 등을 향해 쏘아져 갔다.

슥—

돌아선 악성은 손에 든 검강체.

얇았다. 게다가 빛도 선명하지 않았다.

지친 것이다.

마엽이 기다리던 순간이었다.

‘적무극을 해치울 때처럼 일단 류과 부딪치려 하겠지.’

악성의 검강체와 거의 맞닿을 순간, 마엽은 류을 해체시키며 탄검의 형태로 만들었다.

촤라랏—!

"……!"

이채를 발하는 악성의 눈빛을 읽었다.

의도한 대로 한 치의 실수도 없이 완벽하게 이뤄진 공격이었다.

한 가지 잊은 것이 있다면… 상대가 악성이라는 것이다.

악성이 익힌 무공이 일반적이지 않다는 걸 알고 있었지만, 이런 상황에서는 천신이라 해도 어쩔 수 없으리라. 그 자신감 때문에 어검술에서 이기어검의 형태로 변화시키면서 자신의 모습까지 드러냈다.

약해진 공격을 그냥 지나칠 악성이 아니잖은가.

게다가 모습까지 드러내고 '죽일 테면, 죽여봐라' 라고 시험까지 하는 데에야…….

'자른다.'

현재 악성의 상태는 마엽의 예상대로 지쳐 있었다.

그러나 자른다는 마음을 먹는 순간 심장에서 발끝까지 일시에 퍼지는 피의 순환이 일어났다. 머리카락이 쭈뼛 설 정도의 짜릿함이었고, 그 흥분은 숨을 쉬면서 사라졌다.

악성의 이런 변화는 검강체에도 똑같이 나타났다.

다시 한 번 피의 순환이 심장에서 발끝까지 퍼진 순간, 검강체가 원을 그렸다.

차자— 착—!

적무극의 붉은 고리가 잘려질 때와 같은 음향이 마엽의 귀에 반복적으로 들렸다. 그리고 서서히 사라져 가는 탄검들.

"크헉!"

자신의 분신이 하나씩 사라지는 것을 보면서 마엽은 머리를 움켜쥐었다. 삼단전이 일시에 뭉개지고 만 것이다.

"후우……."

악성은 그제야 숨을 내쉬었다.

*   *   *

인간의 내공이 어디까지 올라갈 수 있는 건가?

아리대부인은 마엽과 적무극의 끝도 없이 팽창하는 내공을 지켜보며 감탄할 수밖에 없었다.

"엄청난 자들……."

악성까지 셋이서 만든 공간이 주위의 모든 사람과 사물을 밀어내고 있었다. 강기 무공을 사용할 수 있는 사람이라면 저 공간과 부딪치는 것이 무모하다는 사실을 모두 안다.

그녀의 욕심 같아서는 저 공간을 뚫고 들어가 세 사람을 모두 죽여버리고 싶었다, 저 중 어느 한 사람만 살아 있어도 그녀가 만든 모든 것이 꿈에 불과하다는 것을 알기에.

뒤를 슬쩍 돌아봤다.

흑포를 뒤집어쓴 사내 한 명이 나타났다.

싸움이 일어나고 있는 곳은 세 곳.

흑강시들이 제 몫을 다해주고 있는 것이다.

"북궁운혜란 계집… 완전히 떼어놓았구나. 마벌주를 삼마군과 싸우게 하려는 계획이 완전히 빗나갔어. 죽기 전에 한 번 보는 것도 나쁘지는 않은데 말이야. 호호호. 어쩔 수 없지, 백왕이 빨리 끝내길 바라는 수밖에. 단목천승.”

번쩍!

흑포 사내의 눈에서 불꽃이 튀었다.

“강시도 이기어검을 펼칠 수 있다는 걸 알면 저들이 어떤 표정을 지을까? 호호호.”

아리대부인은 단목천승을 움직이려다 제제를 향해 다가가는 백왕을 보고 생각을 바꾸었다.

“응?”

손만 뻗으면 되는 순간, 갑자기 백왕이 그대로 고꾸라지는 것이 아닌가!

불길한 예감.

‘이게 무슨!’

아리대부인은 재빨리 세 사람이 떠 있는 공간을 향해 시선을 돌렸다. 백왕의 주인이 죽지 않았다면 이런 일이 일어날 리 없기 때문이다.

“헛!”

세 사람이 만들어낸 공간이 원래의 상태로 돌아오며 한 사람이 모습을 드러냈다.

“저, 저놈은······.”

살아남을 자는 마엽 아니면 적무극이어야 했다.

그들이라면 누가 살아남더라도 이용할 수 있었다.

그러나 둘을 죽이고 악성이 나타났다.

어마어마한 괴물 고수의 탄생을 지켜보게 된 것이다.

입을 다물지 못하고 괴물 고수 악성의 상태를 살폈다.

‘호!’

땅에 내려선 악성이 한쪽 무릎을 꿇으며 괴로운 표정을 지었다.

호기를 놓칠 그녀가 아니잖은가.

"지금이 기회다. 저놈만 없애면… 단목천승, 가서 죽이고 와라."

아리대부인의 명령이 떨어지자, 흑포인은 악성을 바라보며 살기를 증폭시켰다.

콰우욱—

분노가 최고조에 달했을 때 흑강시로 제작된 단목천승의 기세는 그녀의 상상 이상이었다.

"호호호. 너 하나면 이젠 두려워할 건 아무것도 없겠다."

아리대부인은 흑포를 휘날리며 유유히 날아가는 단목천승의 뒷모습을 믿음직스럽게 바라봤다. 곧 벌어질 일을 예상했다면 그런 눈빛은 짓지 않았으리라.

땅에 내려서기도 전에 악성을 공격하던 단목천승의 신형.

다가갔던 것보다 훨씬 빠른 속도로 튕겨졌다.

"저, 저것이 언제……."

분명히 화룡과 괴룡을 상대로 싸우고 있던 무혼이었다.

쾅! 쾅! 쾅!

전혀 물러섬 없이 연속해서 주먹을 세 번이나 날린 무혼이 머리카락을 휘날리며 오연히 단목천승을 쳐다봤다.

츠르르릇—!

단목천승은 검의 양쪽을 잡고서 진기를 주입시켰다.

새파란 강기가 둥근 톱니처럼 생겨나며 곧장 손을 떠났다.

느리면서 무겁게 무혼을 향했다.

"무혼, 비켜!"

악성의 지친 목소리가 들렸는데도 무혼은 물러설 기미를 보이지 않았다.

악성이 다시 한 번 명령을 내렸다.

"물러서."

그제야 한 걸음 뒤로 물러섰다.

마엽과 적무극의 엄청난 내공을 자르느라 힘을 모두 소진한 것을 무혼이 직감한 것이다.

악성은 무혼의 옆쪽을 바라봤다.

"데려온 놈들이나 막고 있어."

화룡과 괴룡의 행색이 엄청났다. 옷에는 온통 구멍투성이고, 몸에도 무혼의 주먹과 발에 맞은 자국이 띄엄띄엄 보였다.

무혼이 둘을 상대하는 동안 처리해야 했다.

강시가 펼치는 이기어검에 흐름 따위가 존재할 리 없었다.

악성은 마엽과 적무극의 무시무시한 공격을 떠올리다가 피식 웃고 말았다.

그 모습을 보던 아리대부인의 입가에 미소가 어렸다.

힘이 다해서 죽을 준비하는 모습이 아니고 뭐겠는가.

그때였다.

'뭐지?

쉬악―

악성의 손에서 무언가가 빠져나갔다.

아주 얇은 회초리의 형체의 빛.

마엽의 내공을 자를 때와는 비교도 할 수 없을 정도로 얇은 빛이었다. 다른 점이 있다면 자르는 대상이 내공이 아니라, 강시의 몸을 향했다는 정도?

촤악—!

물 끼얹는 듯한 소리가 아리대부인의 귀에 들린 것과 동시에 화룡과 괴룡이 무혼에 두들겨 맞는 소리가 이어졌다.

퍼버벅—!

"……!"

아리대부인은 뒷걸음질을 쳤다.

누군가가 그녀의 어깨에 손을 올려놓았다.

척.

"헉!"

놀라서 뒤를 돌아보자, 제제와 곽명이 충혈된 눈으로 아리대부인을 노려보고 있었다.

"이 거지발싸개 같은 늙은이!"

"당신 때문에 장 대협이 죽었어. 죗값을 치러줄 테다!"

제제의 주먹과 곽명의 천궁이 각각 얼굴과 천령개를 내려쳤다.

빡— 푸학—!

아리대부인의 무공은 그리 약하지 않았다. 아니, 절치부심해서 얻은 무공의 깊이는 능히 단목천승과 겨뤄도 손색이 없을 정도였다.

"끄르륵……."

원망 어린 시선으로 숨어 있는 아리운을 쳐다봤다.

뻔히 보면서 나서지 않는 딸이 원망스러웠던 것이다.

수양딸이라고는 해도 친딸보다 더욱 애지중지하게 키웠거늘.

"내가 그동안 개를 키웠어도 너보다는 나았을 것……."

제제와 곽명이 아리대부인의 시선을 따라 아리운을 쳐다봤다.

죽어가는 아리대부인을 바라보던 아리운이 소리를 질렀다.

"친딸이라고? 흥! 친딸을 개새끼에게 던져 주나? 언제나 말을 듣지 않으면 죽일 태세였지. 내 손에 죽지 않은 걸 다행으로 여겨."

말을 끝낸 아리운은 아리대부인을 향해 침을 뱉었다.

"퉤─! 난 진의맹으로 돌아간다. 당신들과 나는 원한이 없어. 이쯤에서 끝내는 것이 어때?"

"……."

"……."

제제와 곽명이 황당한 눈으로 가만히 보고만 있자, 아리운이 신형을 휙 돌리며 화룡을 불렀다.

"화룡, 가자."

제제는 아리운이 화룡의 등에 올라타는 모습을 보면서 살기를 피워 올렸다. 겁먹은 것처럼 굴던 그녀가 한 번의 도약으로 십여 장을 훌쩍 뛰어올랐기 때문이다.

당했다는 생각에 화가 난 것이다.

그러나 그런 것보다 먼저는 악성의 몸 상태였다.

"악랑만 아니었어도… 익!"

악성은 다가오는 제제를 향해 양손을 들어올렸다.

제제의 눈에 제일 먼저 들어온 것은 갈라진 옷 사이로 보이는 악성의 손이었다. 거북이 등처럼 쩍쩍 갈라져 보기 안쓰러웠다.

"손이……."

악성이 머쓱한 표정으로 손을 옷에 슥슥 문질렀다.

"이젠 괜찮아."

마엽과 적무극이 뿜어내는 내공을 견디지 못하고 살갗이 터진 모양

이다. 그러나 안쪽으로는 피 대신 투명한 새살이 돋아나고 있는 것을
제제는 보지 못했다.

아직까지는 일위강의 원리가 완성되진 못한 것이다.

제제를 안으며 악성은 긴 한숨을 내쉬었다.

"한참 찾았어."

"저도요……."

제제의 뒤쪽으로 곽명이 보였다.

고갯짓으로 괜찮냐고 물었다. 그러자 곽명이 고개를 돌리며 어디론
가 걸어갔다.

"……?"

몇 걸음 움직이던 곽명은 제자리에 앉았다.

그 옆에 제제 대신 죽은 장패기의 시신이 보였다.

스르륵.

악성의 손이 제제의 등에서 떨어지며 혼잣말로 불렀다.

"장… 패기 ……."

제제가 악성의 품에서 떨어지며 울먹였다.

"저를 구하려고……."

"……."

악성은 멍한 눈으로 한동안 장패기를 바라보다 재빨리 주위를 살폈
다.

"악랑, 누굴 찾으세요?"

"풍노, 풍노는 어디 있지?"

"풍노요?"

"장패기와 함께 온 노인 한 분 있지 않아?"

“저 둘뿐이었어요.”

풍호가 오지 않은 것이다.

악성은 심각한 얼굴로 곽명에게 다가갔다.

“명아, 풍노는 왜 함께 오지 않았지?”

“풍 노사는 중간에 누군가를 찾는다고 떠나셨어요.”

“누구?”

“잘 모르겠어요.”

“풍 노사만 있었어도…….”

악성이 침통한 표정으로 앞머리를 움켜쥐었다.

제제는 말없이 뒤에서 끌어안았다.

그때였다. 사망적혈전에서 거대한 폭음이 들려왔다.

쿠콰콰콰—!

“……!”

아직 싸움이 끝나지 않은 모양이다.

단정은 한쪽 눈이 퉁퉁 부은 채로 헐떡거렸다.

강시가 된 삼마군들을 밟고 또 밟았다. 그래도 분이 풀리지 않는지, 발길질을 계속했다.

퍽퍽— 꽈득—!

“죽어, 이 미물들!”

한쪽에 팔을 잡고 쓰러져 있던 북궁운혜가 지친 목소리로 만류했다.

“그만해요, 단 대협.”

“어떻게! 으어, 죽어, 죽어!”

퍽! 퍽! 퍽!

북궁운혜는 자신의 부서진 칠현금쇄를 쳐다봤다.

"……."

음강의 한계를 넘지 못하고 부서진 것이다.

단정과 단파 중 강한 쪽을 선택하여 기운을 증폭시킬 수밖에 없었다. 그러나 수차례에 걸쳐 공격을 받자, 누군가가 반격을 하지 않으면 안 되는 상황이 됐다.

단파가 나섰다가 강시 삼마군의 무차별 공격에 즉사하고 말았다. 북궁운혜와 단정은 강기막을 풀며 곧장 공격으로 전환했고, 지금까지 계속해서 접전을 펼치던 중이었다.

북궁운혜의 팔이 다친 순간, 왜 강시 삼마군이 공격을 멈췄는지는 모르나, 일시에 석상이 된 그들을 단정이 짓이겼다.

"북궁 소저, 여기서 또 뵙네요."

'아! 아, 알고 계셨구나!'

제제가 말했을 수도 있고, 다른 경로를 통해 들었을 수도 있다. 그러나 북궁운혜는 그러한 모든 가정을 무시했다. 악성은 처음부터 자신을 알아본 것이다.

보기 안타까울 정도로 푸석해진 악성의 얼굴을 보고 있자니, 팔의 통증은 아무것도 아닌 것처럼 느껴졌다.

'단 대협을 멈춰야 해.'

조심스럽게 단정을 돌아봤다.

그는 여전히 강시 삼마군을 짓밟는데 온 신경을 쏟고 있었다.

악성과 제제는 아직 삼마군을 알아보지 못했다.

그녀는 제제를 향해 먼저 말을 꺼냈다.

"제 소저, 괜찮나요?"

제제는 악성이 왔는데도 여전히 사람 패는 일에만 열중하는 단정을 못마땅한 시선으론 쳐다보는 중이었다.

그런 제제 대신 악성이 대답해 주었다.

"제매는 기력을 다해서 지쳤을 뿐입니다. 팔을 다치셨네요."

"예에… 예? 아, 팔이요. 그, 그저 피부만 상한 정도예요. 신경 쓰지 않으셔도……."

그때, 악성의 부축을 받던 제제가 기함을 지르며 단정을 향해 몸을 날렸다.

"이 자식아, 멈춰!"

"……?"

악성이 급하게 제제의 시선을 좇았다.

"헛!"

단정의 발아래, 얼굴이 엉망으로 짓이겼지만 탑탑마군임을 한눈에 알아봤다.

악성은 재빨리 북궁운혜를 돌아봤다.

"그……."

설명을 하려는 북궁운혜의 말을 제제의 비명이 끊었다.

악성은 벌써 몸을 날리고 있었다.

"제매!"

제제를 받아 든 악성과 단정이 서로를 쳐다봤다.

단정은 살기 어린 목소리로 경고했다.

"볼일이 있어도 내가 먼저다. 난, 이것들을 갈가리 찢어버려야겠으니 끼어들 생각 마!"

말을 마친 단정은 또다시 눈에 불을 켜며 밟으려 했다.

그러나 악성의 입장에서는 제제 앞에서 삼마군이 누군가에게 밝히는 걸 보여주고 싶지 않았다.

"그만두는 것이 좋아. 그분들이 비록 강시가 되었어도 나와 제매에겐 아주 소중하거든."

단정은 냉소를 터뜨렸다.

"그게 나랑 무슨 상관인데. 이것들이 내 동생을 죽였어. 파를 죽였단 말이다!"

거칠게 발을 들어올린 단정은 그대로 내려놨다.

그러나 다시 멈춰졌다.

턱.

"익!"

어느새 무혼이 그의 발목을 잡고서 놓아주지 않았다.

"이이… 놔! 안 놔? 내 오늘 아주 강시와 끝장을 보고 말겠다!"

양쪽 사정을 모두 알고 있는 북궁운혜는 단정을 바라보며 안타까운 목소리로 만류할 수밖에 없었다.

"단 대협, 저도 부련주의 죽음은 가슴 아프지만, 그 강시들은 저분들한테 처분을 맡기는 것이 옳아요. 저런 상태로 만든 자가 잘못이지, 강시가 무슨 잘못이 있겠어요. 저분들을 두 번 죽게 만들지 않았으면 해요."

그걸 모르는 것이 아니었다.

그러나 마음이 생각처럼 안 되는 걸 어떡한단 말인가!

"으아아아!"

단정은 북궁운혜의 목소리를 듣지 않기 위해 고함을 지르며 힘껏 주먹을 뻗었으나, 무혼이 어깨를 내밀어 막았다.

퍽―!

무혼은 물러서지 않고 한 걸음 앞으로 움직였다.

퍽! 퍽! 퍽!

"으윽……!"

단정은 어느새 네 걸음이나 물러서게 됐다.

악성이 삼마군의 몸을 한쪽으로 옮겨놓고서야 무혼을 불렀다.

"무혼, 그만."

강시 삼마군의 몸에도 타격을 주지 못한 단정의 청살권이 무혼을 물러서게 만들 수는 없었다. 물론 지치기 전의 청살권이었다면 얘기는 달라질 수도 있었을 것이다.

그러나 지칠 대로 지친 단정의 청살권이 제 위력을 발휘할 리가 없잖은가.

이렇게까지 무력할 수가 없었다.

단정은 한동안 땅을 치며 오열을 터뜨렸다.

"파아……!"

악성은 앞에 놓인 세 구의 강시를 바라봤다.

초점 잃은 눈과 검은 피부가 그동안 어떤 고통을 겪었는지 말해주는 듯했다.

"엉엉엉……."

제제는 악성이 곁에 있다는 것만으로도 안심이 되는지, 큰 소리로 울음을 터뜨렸다.

잡은 손을 놓치지 않으려는 것이 어린애 같았다.

토닥토닥.

악성은 제제의 등을 두드리며 무혼을 불렀다.

어차피 아리대부인이 죽으면서 삼마군은 주인 잃은 강시에 불과했다.

손을 쓰려면 지금 쓰는 것이 나았다.

"좋은 곳에 가셨을 테니, 그만 보내 드리는 게 좋겠소."

"엉엉… 흑흑……."

삼마군의 죽음으로 이렇게까지 슬퍼하는 제제에게 앞으로 제릉과 신도장후의 죽음을 어떻게 말해야 할지 난감해졌다.

두 사람이 있는 곳은 사망적혈전에서 유일하게 멀쩡한 건물 밖이었고, 건물 안에는 담사우가 살아남은 부하들을 데리고 치료를 돕는 중이었다.

무너진 담 밖으로 노을 지는 모습이 슬퍼 보인 것은, 붉은 물감을 흠뻑 뒤집어쓴 것 같은 착각 때문이리라.

삼층 창문을 통해 두 사람을 바라보는 여인의 시선.

"……."

부러움이 가득 담겨 있었다.

여인이 노을을 바라보며 숨을 내쉴 때였다.

"북궁 소저, 이대로 가만히 있을 수가 없소."

단정이었다.

복수를 위해 당장이라도 진의맹으로 쳐들어갈 기세였다.

북궁운혜는 밖을 내다보고 있는 상태로 무심코 대답했다.

"악 대협과 함께 움직이세요."

"……!"

당연히 자신과 함께 움직여 줄 것이라 여기고 온 것이다. 그런데 가려면 혼자 가라?

단정의 이마에 힘줄이 솟아올랐다.

"후후후. 그런가요?"

북궁운혜는 화가 난 단정을 바라보다가 깜짝 놀랐다.

'아! 내가 지금 무슨 말을……'

악성과 제제를 생각하다 무심결에 대답하고 만 것이다.

"단 대협, 잠시만요."

"더 할 말이 있습니까?"

"복잡한 마음인 것은 알지만, 무턱대고 움직일 일이 아니에요."

"무턱대고? 큭."

"일단 이곳부터 정리를 한 후에……."

"그런 건 악성이란 자에게나 필요한 일이지, 파가 있던 은하련과는 아무 상관이 없는 일이오. 오히려 이곳에 더 있으면 방해가 될까 싶소. 그럼."

북궁운혜는 돌아서는 단정을 잡고 싶었으나, 그럴 명분이 없기에 올렸던 손을 내리고 말았다.

단정은 사망적혈전을 나올 때까지는 최대한 천천히 움직였다.

'파의 죽음보다도 그녀의 관심이 아직도 우선이란 말인가?'

잠깐이지만 고개를 삼층 창가로 돌린 이유는, 창가를 통해 가지 말라고 소리치는 북궁운혜의 모습이 보고 싶었기 때문이다.

'헛된……'

씁쓸하게 웃으면서 다시 걸음을 옮겼다.

사망적혈전을 벗어나는 순간, 단정은 전력을 다해 신법을 펼쳤다.

조금이라도 그녀가 있는 곳에서 멀리 벗어나고 싶은 마음 때문이다.

"단정."

"……!"

단정은 팔을 펼치며 뒤로 돌아섰다.

공기의 저항 때문에 속도가 금방 줄었다.

"누구… 북궁현!"

"날 운혜에게 데려다… 으윽……!"

단정을 보고서 안심이 됐든지, 기대고 있던 나무에서 주르륵 미끄러졌다. 재빨리 다가가 북궁현을 받아 든 단정은 나무 밑 등에 내려놓고서 잠시 고민에 빠졌다.

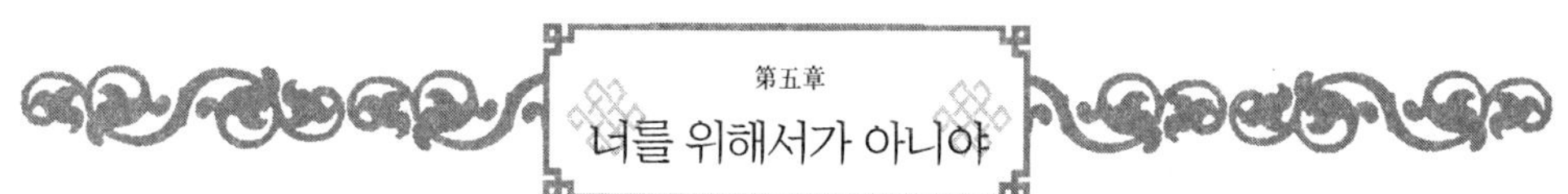

第五章

너를 위해서가 아니야

담사우는 북궁운혜의 배려로 부하들을 무사히 지하로 대피시키는데 성공했다. 그러나 부하들을 대피시킬 목적이 전부였다면 굳이 그가 내려갈 필요는 없었다.

다른 이유가 있었다. 바로 흑강시를 상대하기 위해 예전부터 준비해 둔 일혼시들을 데리고 나오기 위해서였다. 최대한 빠르게 데리고 나왔다고 여겼으나, 밖으로 나왔을 때는 이미 싸움이 끝나 있었다.

거기까지는 아무런 문제가 없었다.

문제는, 데리고 나온 열 구의 일혼시가 꼼짝도 안 한다는데 있었다. 아무리 주술을 외우고 명령을 내려도 한 발자국도 움직이지 않았다.

쩔쩔매는 모습을 지켜보던 악성은 직감적으로 왜 일혼시들이 명령을 듣지 않는지 알 것 같았다.

흑강시조차 어쩌지 못한 천고기병 무혼이 있는 곳이다.

일혼시들도 그걸 알고서 꼼짝을 하지 않는 것이다.

악성이 나섰다.

무혼을 시켜 일혼시를 데리고 무인들 대신 무너진 담이나, 건물을 세우도록 명령했다. 그러자 무혼의 눈짓에 따라 일혼시들은 알아서 움직이며 무인들을 편하게 해주었다.

그러나 한바탕 소동이 가라앉으며 모두들 즐겁게 휴식을 취하고 있을 때였다.

밖을 지키던 위사 한 명이 긴장된 모습으로 날듯이 다가왔다.

"전주님! 바, 밖에 저, 적이 다가오고 있습니다. 신법으로 봐서는 무서운 고수 같습니다."

"뭐야!"

담사우는 자리에서 벌떡 일어났다.

불과 반나절 전에 싸움이 끝났는데 또다시 적이 쳐들어올 줄은 꿈에도 몰랐던 것이다.

악성도 따라서 일어서려 했으나, 제제가 악성을 걱정스런 눈으로 만류했다.

"악랑, 담 전주가 가잖아요. 기다려 보세요. 이럴 때 위지무가… 아, 위지무!"

"위지 각주?"

제제는 자리에서 일어나 갑자기 주위를 허둥지둥 돌아봤다.

악성이 제제의 손을 잡아 앉히며 차분하게 물었다.

"같이 왔소?"

"예. 분명히 있었는데……."

"그럼 오겠지."

"그러고 보니 소란이도 보이질 않아요."

"소란?"

"아… 이상한 놈에게 쫓기는 걸 구해준 여자예요. 위지무가 좋다고 계속 쫓아다녔는데… 무슨 일이 있었나?"

"위지 각주가 혼자서 몸을 빼는 사람은 아니니 좀 기다리면 오겠지. 하하하. 어떻게 변했는지 궁금하군."

"똑같아요. 헤헤거리는 모습을 보면 한 대 쥐어박고 싶다니까요."

악성은 위지무가 먼저 떠났다고 말하며 분해하던 오 년 전 제제의 모습을 떠올리며 웃었다. 그러면서 자연스럽게 한 사람이 생각났다.

위지무 만큼이나 정이 많은 사람.

'장패기… 미안하다.'

풍호와 무슨 일로 헤어졌는지 궁금했다.

말해줄 사람이라고는 곽명 외에 없는데, 정신을 잃고 쓰러져 있는 사람을 깨워서 물을 수는 없잖은가.

'도대체 약속을 지키지 못할 정도로 급한 일이 뭡니까, 풍노?'

조금 전까지만 해도 위지무에 대해 얘기를 하던 악성의 분위기가 바뀌었다. 제제는 조심스럽게 악성을 불렀다.

"악랑… 어?"

제제는 자신이 발견한 것을 보고서 경악성을 터뜨리며, 악성의 손을 잡았다.

"악랑, 손이 왜 이래요, 예?"

악성은 풍호와 장패기의 생각에 잠겼다가 깨어나며 제제가 가리키는 자신의 손을 쳐다봤다.

손가락 끝마디의 살이 열십자로 벌어져 있었다.

"……!"

제제는 안절부절못하며 악성을 잡아끌었다.

"악랑, 안으로 들어가요. 어서요!"

악성은 잡아끄는 제제의 팔을 떼어냈다.

"병이면 어쩌려고."

제제의 눈빛이 사나워졌다.

빼내려는 악성의 손을 더욱 힘주어 잡으며 소리쳤다.

"그럼 같이 앓으면 되지! 다시 손을 빼면 각오해요!"

"……!"

웃어야 할지, 울어야 할지.

악성은 낮은 한숨을 뱉으며 고개를 끄덕였다.

담사우가 두 사람이 쉴 수 있도록 마련한 방으로 들어간 제제는 바빠졌다. 혼자서 치료하겠다고 해도 막무가내였다. 죽어도 함께 죽겠다는 데에야 어쩌겠는가, 함께 있을 수밖에.

특별히 이상 징후는 없었다. 그랬기에 제제의 성화를 지켜보기만 하는지도 몰랐다.

손가락 끝마디에서 시작된 갈라짐은 벌써 팔뚝까지 번져 있었다. 뱀이 허물을 벗듯 살갗이 그런 모양으로 계속 진행하는 중이었다.

조심스럽게 심장을 두드려 보아도 아무런 이상이 느껴지지 않았다. 이런 현상은 묵동에서도 본 적이 없었다.

'왜 이런 일이 일어나는 거지? 억지로 끌어낸 일위강의 부작용인가? 이러다 일위강의 원리조차 사용하지 못하는 상태가 되면 어떡하지?

마엽의 탄검을 자르고 나서야 알게 됐지만, 검강체의 길이와 크기가 줄어든 것은 엄청난 성장이었다. 어쩌면 그만큼 몸을 혹사시킨 벌을 지금 받는지도 몰랐다.

보다 근본적인 조사가 필요했다.

일위강을 만들어내는 원리에 접근하기 위해 심장의 소리에 귀를 기울였다.

쿵쿵쿵―

평소와 다름없는 잔잔한 진동 외에는 감지되는 것이 없었다.

몸속에는 아직 변화가 없다는 뜻이다.

이번에는 피의 순환을 확인해 보기로 했다.

휘류룽―

심장을 거대한 종이라 여기고 크게 울려보았다. 물론 심상(心想)을 통해 몸속의 변화를 살피기 위해 사용한 일시적인 방법일 뿐이었다.

찌릿.

심장에서 시작된 진동이 어느새 발끝까지 내려왔다.

'이렇게 빨리?'

걱정과는 다르게 오히려 이전보다 훨씬 빨라진 피의 순환이 아닌가. 무엇보다, 민감해진 감각을 무시해도 될 정도로 너무 자연스럽고 편했다.

위사를 쫓아 밖으로 나갔던 담사우는 강시들을 이끌고 밖으로 나왔을 때만큼이나 놀랐다. 언제 나갔었는지, 단정이 한 사람을 업고서 나타났다.

"누구……."

"일단 치료부터."

단정도 무척 지친 모습이었다.

담사우는 편안하게 웃어 보이며 부하들을 시켜 북궁현을 대신 업도
록 한 다음, 치료할 수 있는 곳으로 안내했다.

"단 대협께서도 쉬셔야겠습니다. 지친 몸으로 지인까지 구해오시다
니, 대단하십니다. 하하하."

"……."

"북궁 소저께서 누군가를 기다리시는 것 같더니, 단 대협이셨던 모
양이군요."

단정은 씁쓸하게 웃기만 할 뿐, 이렇다 할 대답 없이 안으로 들어갔다.

막 건물로 들어서려 할 때였다.

"오빠!"

삼층에서 뛰어내린 북궁운혜는 대뜸 단정을 향해 질문부터 던졌다.

"단 대협, 어찌된 일이에요? 예?"

"…저 몸으로 이곳까지 왔던 모양입니다. 무슨 사연인지 말을 하기
도 전에 기절하더군요."

"단 대협께서 구해주셨군요."

북궁운혜의 심각한 표정을 보자, 단정의 마음이 좋지 않았다.

급하게 북궁현을 옮기던 북궁운혜는 단정이 어정쩡하게 서서 움직
이지 않자, 화를 냈다.

"단 대협, 뭐하세요. 빨리 따라오세요!"

"예?"

"부련주한테는 죄송하지만, 제 팔이 낫는 동안만 기다려 주세요. 함
께 복수해요."

"……!"

분명히 같이한다고 말했다.

단정은 자신의 귀로 들었으면서도 믿을 수가 없었다.

"이런 팔로 무슨 복수를 하겠어요. 칠현금쇄를 만들 때까지는 나을 거예요."

듣고 싶었던 말을 들은 탓일까?

단정은 별다른 말없이 북궁운혜의 뒤를 따라 움직였다.

북궁현의 상태는 매우 이상했다.

외관상 별 상처도 없으면서 기력을 되찾지 못하고 있었다.

치료를 하던 북궁운혜는 고개를 저으며 단정을 쳐다봤다.

"단 대협, 오빠를 발견할 당시에 어떤 상태였는지 자세히 말씀해 주세요."

"나무에 힘겹게 몸을 기댄 상태였습니다. 이름을 부르자마자 쓰러진 걸 보면 이곳까지 올 수 있는 힘만 남기고 보내준 듯……."

"오빠는 단 대협과 비교해도 손색이 없는 고수세요. 그런 분을 이런 상태로 만들 수 있는 고수가 몇이나 된다고 생각하세요?"

다소 공격적인 질문이었던가?

단정은 당황한 표정으로 대답했다.

"발견할 당시의 상황이 그렇다는 말입니다."

"……?"

북궁운혜는 단정의 반응에 이채를 발하다 어색하게 웃으며 말을 이었다.

"아! 오해를… 단 대협의 설명을 믿지 못하는 것이 아니라, 오빠를 저렇게 만든 사람이 누구인지를 알려는 거예요."

"……!"

정말 대단한 여인이 아닐 수 없었다, 오빠가 정신을 잃고 있는 상황에서조차 저런 냉철한 판단을 내리려 하다니.

단정이라면 그런 걸 따지기 전에 북궁현이 이곳까지 온 경로를 샅샅이 조사해서 적을 찾았을 것이다.

"글쎄요… 직접 찾아보면 되겠지만, 지금 상황에서는 삼황과 삼선의 후예가 아니라면 불가능해 보이기는 합니다."

"그렇죠, 삼황과 삼선…….”

"…제 생각이 그렇다는 말입니다."

"아니요. 삼황과 삼선의 후예가 아니고서야 오빠를 저렇게 만들기는 힘들어요. 하지만 그들이 왜 오빠를 노렸을까요? 백리 대협도 있고, 현 무림에 가장 유명한 무혼지주님도 있어요. 왜죠?'

'악성.'

진의맹의 진의십이천 중 일곱 명의 내공을 한 번에 자른 일은 무서운 속도로 퍼져 나갔다. 덕분에 악성이란 이름은 몰라도 무혼지주란 별호를 모르는 사람은 거의 없게 됐다.

북궁운혜가 답을 바라고 던진 질문이 아니었다.

확실한 것 없이 예측만으로 대답할 수는 없잖은가.

모른 척 다른 생각에 잠겼다.

담사우는 악성이 제제와 함께 방으로 급히 들어간 후, 아직까지 소식이 없다는 말에 찾아갔다.

똑똑.

안에서 아무런 대답이 없었다.

다신 한 번 문을 두드렸으나, 마찬가지로 응답이 없었다.

"어딜 가셨나? 아니면 잠을……."

피식.

엉뚱한 상상을 해버렸다.

제제를 생각하면 충분히 가능한 생각이긴 했다.

"식사는 따로 준비하라고 일러야겠군."

뭐가 그리 재미있는지, 말을 하고서도 한참을 '픽픽' 거리며 웃고 말았다.

"대답없으면 빨리 가기나 할 것이지……."

제제는 웅크린 몸을 꼼짝도 하지 않은 채 방 안에서 일어나는 놀라운 광경을 지켜보고 있었다.

사람의 몸이 뱀처럼 허물을 벗는다?

들어본 적은 있었다.

무공이 지고지순한 경지에 들어, 태어날 때와 같은 몸으로 돌아간다는 환골탈태(換骨奪胎)가 아니고 뭐겠는가.

악성의 몸에서 일어나고 있는 현상은 책에서나 읽던 모습 그대로였다.

'악랑이 환골탈태를 하는 것이라면, 무슨 서광이라도 비춰야 하는 거 아니야?'

엉뚱한 생각이긴 했지만 책에서는 분명히 그렇게 적혀 있었다, 삼단전이 하나로 일통되어 뿌연 서기가 전신을 항상 감싸는 형상으로 화한다고.

아무리 눈여겨봐도 서기는커녕, 연기 한 줄기 나오지 않았다.

스륵ㅡ

거의 끝나 가는지 목 언저리에 있던 허물이 떨어졌다.

이제 남은 부분은 얼굴뿐이었다.

탕탕—

누군가가 거칠게 문을 두드리는 소리에 제제는 황급히 문 쪽으로 다가가 문을 열었다.

담사우처럼 조심스럽게 두드리면 좀 좋아!

문을 열자마자 누구인지, 무슨 용무인지 묻지도 않고 그대로 내팽개쳤다.

팍!

무언가 복도를 따라 주르륵 미끄러지는 걸 확인하고서야 조용히 문을 닫았다.

"제매, 그렇게 하지 않아도 돼."

"헉! 아, 악랑! 깨어나셨어요?"

"하하하. 내가 언제 잠이라도 잔 적이 있던가?"

"그럼 계속 눈을 감고……."

"그야 제매가 조용하니까 그랬지. 너무 무리한 모양이야."

악성은 손으로 얼굴을 슥 문질렀다.

스르륵—

마지막 허물이 바닥으로 떨어졌다.

"엥……."

제제는 혼자서 상상하며 놀라워하고, 악성이 자랑스러워 어쩔 줄 몰랐던 모습이 떠올라 얼굴이 화끈거렸다.

"뭐야……."

"……?"

악성은 제제가 갑자기 울상을 짓자, 고개를 갸웃거렸다.

사실 제제의 표정 변화를 처음부터 계속 느끼고 있었다.

숨소리에 따라 제제가 어떤 표정을 지었을지 상상하기란 어렵지 않았다.

"하하하하."

"……?"

이번에는 제제가 눈을 동그랗게 뜨고서 악성을 쳐다봤다.

그 모습이 너무 사랑스러워 악성은 자신도 모르게 제제를 끌어안았다.

"함께 있어줘서 고마워."

제제는 행복에 겨운 표정으로 안기며 그래도 의심스러운지 악성의 벗겨진 살을 쓰다듬어 보았다.

매끄러운 피부의 촉감이 기분 좋았다.

'진짜, 환골탈태가 아닌 모양이네. 하긴, 아니라도 상관없지만.'

품속에 폭 안긴 제제를 보는 악성의 시선이 창문 쪽을 향하고 있었다.

'익숙한 기운이 늘었는데…….'

꽃밭에 앉아 있는 것과 같은 이치였다.

굳이 찾지 않아도 향기가 나는 것과 같은 것으로, 단정이 북궁현을 데려온 것을 느낀 것이다.

*　　　*　　　*

쉭—

붉은 빛을 일렁이며 해빈의 혈린들이 위지무의 얼굴을 스쳤다.

느닷없는 공격이라 막을 수 없었던 것도 있겠지만, 은소란을 잡은 손을 놓지 않아 몸을 쉽게 움직일 수 없었다.

해빈은 얼굴까지 붉어져서 버럭 소리를 질렀다.

"그 손 못 놔?"

위지무는 손으로 상처를 닦아내고는 대수롭지 않게 대답했다.

"어이, 너무하는 거 아냐? 그렇게 비겁하게 굴면 은 소저가 더 가고 싶어지지 않을 거 아냐. 그리고 여자 앞에서 지 부하 편을 드는 바보는 내 생전 처음 본다."

"아주 죽여 달라고 사정을 하는구나. 오냐, 혈린이 얼마나 무서운지 제대로 보여주지."

촤라락―

검으로 화한 혈린이 막 불을 뿜으려 할 때였다.

추성이 혀를 차며 해빈을 말렸다.

"그만해라, 빈아."

"사부님, 잠시면 됩니다."

"세 번 공격해서 세 번 다 피했다, 그것도 저 여아의 손을 잡은 채로."

"그, 그건 제가 살살……."

"늦었다."

위지무를 돌아보는 추성의 눈이 착 가라앉아 있었다.

위지무는 그 눈을 보고서 깜짝 놀랐다.

'저 사람 혹시… 아니지, 그동안 지켜본 바로는 저 찔찔이와는 격이 다른 사람이야.'

그동안 사망적혈전에서 보여준 추성의 모습 때문에 쭉 관심있게 지켜봤다. 자신감 넘치는 말투와 행동만으로도 충분히 괜찮은 사람이었다.

추성이 사망적혈전을 떠나면서 한 말이 있었다.

"저런 무모한 짓을 할 자가 아닌데 이상하군. 하지만 자신이 없었다면 나서지 않았겠지, 믿겠다."

허공에 떠 있는 세 사람 중 무모한 짓이란 표현이 적용될 만한 사람은 악성 외엔 없었다. 둘이서 악성을 공격하는 형태란 것도 못 볼 추성이 아니기 때문이다.

위지무가 추론하기에는 추성과 악성은 모르는 사이가 아니란 것이다. 아마도 추성이 낭패를 당했으리라.

여기까지 생각을 하자, 갑자기 웃음이 나왔다.

"헤헤헤."

위지무는 악성이 위험하다는 생각 자체를 하지 않았다. 오히려 빨리 돌아가서 반가운 해후를 하고 싶을 뿐이었다. 그때까지 당연히 무사할 거란 신뢰를 하기 때문이다.

위지무의 웃는 얼굴을 보는 해빈의 속은 말이 아니었다.

'소란이가 저놈의 손을 뿌리치기만 하면 되는데.'

은소란은 사망적혈전을 떠난 후로 한 번도 해빈을 쳐다보지 않았다.

원래 남의 떡이 더 커 보인다고 하지 않던가.

해빈은 은소란의 외모며, 다소곳한 행동이며, 필요한 말만 하는 모습까지 모든 것이 아까웠다. 다른 남자가 그런 은소란을 차지한다는 생각 자체가 짜증날 정도였다.

그러나 추성이 나섰으니, 위지무도 이젠 끝이었다.

안심하고 있던 그의 귀에 추성의 음성이 들렸다.

"두 사람은 그만 가라."

"사, 사부님!"

"빈이는 나와 따로 할 일이 있으니, 떠날 준비를 해라."

“사부님!”

“네가 얻은 무공에 현월여의선의 힘을 넣어주겠다.”

해빈은 가슴이 철렁 내려앉았다.

추성의 말속에 담긴 뜻과 은소란을 놓아주어야 한다는 생각이 충돌을 일으킨 것이다.

둘 다 얻고 싶다. 솔직한 마음이었다. 그러나 말을 꺼내는 순간 어느 것도 얻지 못하게 되리라.

해빈은 재빨리 명무상에 전음을 보냈다.

“부탁 하나만 들어주신다면, 평생 은혜를 잊지 않겠습니다.”

“뭐냐?”

“소란이를 데리고 있어주십시오.”

“흥! 네 사부의 말을 잊었느냐? 놓아주라고 했잖느냐.”

“그건 사부님의 뜻입니다. 사부님께서 제게 힘을 전해주시고도 멀쩡하실 것 같습니까?”

명무상은 눈을 크게 치떴다.

‘이놈······.’

이런 말까지 서슴없이 할 줄이야······.

조금 전의 전음은 해석하기에 따라서는 사부를 죽일 수도 있다는 뜻으로 들렸다.

“그건 네 일이지.”

“명 대협의 일이 될 수도 있습니다.”

“나는 네 사부, 여의무적도와 약속을 했다. 네 말은 못 들은 걸로 하겠다.”

‘제길!’

위지무가 나타난 뒤로 일이 계속 엉키고 있었다.

어쩔 수 없이 고개를 끄덕일 수밖에 없었다.

"사부님 말씀대로 하겠습니다."

위지무의 비웃음이 터졌다.

"큭. 아아, 미안. 나도 모르게 웃음이 나왔네."

시릿!

해빈의 눈에 살기가 감돌았다.

명무상은 어차피 가는 길이 달랐다.

슬쩍 해빈의 눈을 가리며 위지무에게 가라고 손짓을 했다.

처음으로 위지무가 은소란의 손을 놓았다.

"그냥 은 소저와 함께 돌아가도 되지만, 주모님께 인사만 드리고 오겠다면 그렇게 해줄게요. 확실히 말해야 저치도 기다리지 않을 테니 말해요."

"……!"

은소란은 깜짝 놀라 위지무를 쳐다봤다.

영리한 여인이었다. 위지무의 말뜻을 모를 리가 없었다.

해남도에 있을 때는 부모님과 주위 사람들의 말을, 무림에 나온 이후에는 묘충에 의해 끌려만 다녔다. 이런 그녀에게 무언가를 결정하라니.

야속한 시선으로 위지무를 바라봤으나, 소용없는 일이었다.

위지무는 아예 시선을 돌려 버렸다.

"저는……."

은소란이 지친 얼굴로 막 입을 열려 할 때였다.

추성이 말을 끊었다.

"그만. 기회를 줄 때 떠나는 것이 현명해. 이번에는 네 주군을 봐서 참기로 할 테니, 어서 가라."

"쩝. 아무리 나라도 더 이상 꾸물거리기는 힘드네요. 은 소저, 나와 함께 가세요."

"예?"

"주모님하고 함께 계시면 재밌는 일 많아요. 갑시다."

못 이기는 척 끌려가는 모습을 봤다면 해빈도 어느 정도 마음을 풀었겠지만, 은소란은 위지무가 돌아서는 것과 동시에 돌아섰다.

"저저……."

해빈의 화난 목소리가 들렸으나, 은소란은 끝까지 뒤를 돌아보지 않았다. 대신 위지무가 돌아섰다.

"아! 잊은 게 있는데, 묘충! 앞으로 보지 말고 삽시다. 또 보게 되면 내 주먹이 참지 못할 것 같으니까. 헤헤헤."

묘충은 왜 가만히 내버려 두는지 모르겠다는 표정으로 해빈을 쳐다 봤다. 그런다고 달라질 상황이 아니잖은가. 해빈은 시선을 거두지 않는 묘충을 향해 버럭 소리를 질렀다.

"사부님 말씀하신 것 못 들었나, 묘 호법!"

"헛! 예? 예!"

누구보다 화가 나는 사람은 해빈이었다.

속에서 끓어 넘칠 것 같은 화를 현월의 기운을 얻겠다는 욕망 하나로 참고 있었다.

*   *   *

콰직― 탕탕탕―!

요란한 소음과 함께 사망적혈전에는 공사가 한창이었다.

"어? 왜 이렇게 됐지?"

"벌주님께선 무사하신지 들어가 봐요, 위지 대협."

"그럽시다."

들어가려는 두 사람을 위사가 막아섰다.

처음 보는 얼굴이었다.

"멈추시오!"

위지무가 험악하게 인상을 썼다.

"뭘 멈춰? 빨리 안 비켜?"

단정이 북궁현을 업고 왔을 때와 상황이 비슷했다.

위사 둘은 서로 눈치를 보다가 합의점을 찾아냈다.

"안에 보고를 하겠습니다. 누구시라고……."

"위지무가 왔다고 전해."

"알겠습니다."

위사 한 명이 재빨리 안으로 들어갔다.

그때, 위지무의 눈이 빛났다.

퍽―!

"꺼륵……."

남은 위사 한 명을 때려눕힌 것이다.

은소란이 놀란 눈으로 쳐다봤다.

"기다리는 시간도 줄어들고 좋잖아요."

"그랬으면 좋겠네요."

은소란은 안쪽이 소란스러운 걸 듣고 고개를 저었다.

무인들이 떼로 나오다가 두 사람을 발견하고 소리를 지르기 시작했다.

"적이다!"

"적이 나타났다!"

위지무는 머리를 긁적이며 머쓱한 표정을 지었다.

"그럼 다 때려눕히고 들어가죠, 뭐. 헤헤."

달려들던 무인들 중 한 명이 사색이 되어 동료들을 말렸다.

"모두 멈춰! 위지 대협이시다!"

"헤헤. 제가 뭐랬습니까, 패야 말을 듣는다니까요."

털썩.

위지무는 임시대전으로 들어서자마자 갑자기 제자리에 주저앉았다.

"위지무, 주군을 뵙습니다!"

갑작스런 상황에 은소란이 멀뚱히 서서 이러지도 저러지도 못하고 있자, 제제가 구해주었다.

"소란이는 이리와, 괜히 불똥 튀지 말고."

분위기가 심상치 않았다.

"벌주님, 위지 대협은……."

"아, 참!"

"……?"

"위지무, 미안해서 어쩌지?"

안 그래도 불안한 위지무였다.

제제의 엉뚱한 말에 화들짝 놀라며 고개를 들었다.

"예?"

"난 찾아도 없기에 또 오 년 전처럼 도망친 줄 알았지, 뭐야."

"엑! 제, 제가 말입니까?"

"응."

"컥! 도, 도망이라니, 말도 안 됩니다."

위지무의 얼굴이 하얗게 질렸다.

악성이 지금까지 아무 말도 하지 않는 이유를 알았기 때문이다.

"주군, 일이 있었습니다."

"……."

악성은 이번에도 대답하지 않았다.

그러나 위지무가 생각하는 그런 이유는 아니었다.

위지무가 왔다는 보고에 신이 난 제제가 일을 꾸민 것이다.

지금도 악성은 다리를 꼬집으며 웃지 않으려 아랫입술을 깨물고 있었다. 이런 사정을 알 리 없는 위지무의 속만 바싹 타들어갔다.

'주군께서 혹시 오 년 전의 일을 마음에 담아두신 건가? 무슨 말씀이라도 하셔야 용서를 빌 게 아닌가. 으아, 속 탄다!'

악성은 위지무가 볼 때만 인상을 쓸 뿐, 제제 못지않게 재미를 느끼고 있었다. 이쯤이면 이젠 은소란 앞에서 체면을 세워줄 때가 됐다.

"위지무."

"예!"

"고생 많았다."

"……!"

별말 아닐지도 모른다. 그러나 악성의 입에서 나온 말이기에 어떤 말보다 소중하게 들렸다.

"…감사합니다."

"아니, 오히려 내가 감사해야지. 음양경이 주인을 제대로 만난 모양이야. 구유대제께서도 많이 기뻐하셨지?"

위지무는 대답하지 못하고 씁쓸한 웃음으로 대신했다.

"돌아가신 모양이군."

"일 년 정도 지났을 때였습니다."

"그럼 무공은?"

"저 혼자 익혀도 충분한 걸 괜히 겁을 줄 때부터 알아봤습니다. 구시렁구시렁 잔소리가 얼마나 심한지, 묘비에 '잔소리쟁이 구유대제 이곳에 묻히다' 라고 썼다니까요. 헤헤헤."

모두 위지무의 너스레에 웃었지만, 악성은 웃지 않았다. 아니, 웃을 수가 없었다.

'도대체 몇 사람이나 남은 거지?'

제룡이 죽었고, 철완, 천마구로, 삼마군까지 볼 수 없게 됐다.

위지무를 보자, 죽은 장패기가 생각나서 든 생각이리라.

풍호는 아직도 모습을 나타내지 않고 있었다.

"왜 저와 은 소저를 놓아주었는지는 몰라도 그렇게 해서 저희는 무사히 돌아올 수 있었습니다."

꿀꺽꿀꺽.

위지무는 은소란과 어떻게 돌아오게 됐는지, 간단히 요약해서 들려주고는 목을 축였다. 그러다 생각이 났는지, 은소란을 돌아봤다.

"은 소저, 내가 뭐 빠뜨린 얘기는 없나요?"

은소란은 솔직한 위지무의 말에 속으로 많이 놀랐다.

"정말 솔직하시네요. 빠짐없이 다 말씀하신 것 같아요."

"에구, 그럼 다행이네요. 휴우……."

일부러 얼굴을 긁었다.

해빈의 기습을 피하지 못해 생긴 상처라는 걸 은근히 보여주려는 행동인 것이다.

그 모습에 제제는 안 봐도 훤하다는 듯이 혀를 찼다.

"한 번도 제대로 싸운 적 없으면서 죽는 시늉은……."

"예? 지금까지 말씀드렸잖습니까?"

"네가 말한 사람 중에 구유대제 만큼 강한 사람이 누가 있는데?"

"에… 예? 제가 왜 사부님과 비슷한 고수와 싸워야 하는데요?"

"죽도록 고생한 것처럼 말하니까 그런 거 아니야."

"주모님, 저는 정말 목숨을 걸고 은 소저를 데려온 겁니다."

"어쭈? 너 그 상처 해빈이란 놈과 싸우다 생긴 거지?"

"…예."

"소란이에게 잘 보이려고 일부러 그러는 거 모를 줄 알아?"

"주모님, 저를 어떻게 보시고… 저 그런 놈 아니란 거 잘 아시면서 왜 그러세……."

제제의 표정이 험악해졌다.

위지무는 헛기침을 하면서 꼬리를 내렸다.

"험. 저는 다만, 주군께서 오해라도 하실까 봐……. 헤헤."

더 곤란해지기 전에 악성이 나섰다.

"추 대협의 제자면 충분히 강한 상대였을 거야. 너무 다그치지 마, 제매."

"아는 사람이에요?"

"이곳에 오기 전에 만났어."

추성 때문에 억지로 일위강을 끌어내려 하지 않았던가.

위지무는 악성의 표정을 유심히 지켜보다가 고개를 끄덕였다.

"그래서 그 사람이 그런 행동을 했군요."

"그런 행동?"

"예. 주군께서 붉은 머리를 한 자와 허공에 떠 있을 때 이런 말을 하던데요? '미친 짓을 할 자가 아니니 믿기로 하지' 라고요. 대략 주군께 한 말이란 걸 예상하기는 했지만, 결국은 자신을 추켜세운 것밖에 안 되는군요."

"흠……."

악성은 왜 그런 말을 했는지 알 것 같았다.

위지무의 예상처럼 자신을 추켜세우려 한 말은 아닐 것이다.

마엽과 적무극의 실력을 보고 자존심이 상했으리라. 개개인은 몰라도 두 사람을 한꺼번에 상대할 자신이 없기에 자리를 피했을 테고.

"그분은 어디로 갔지?"

"거기까지는 잘 모르겠습니다."

악성이 고개를 끄덕이자, 위지무는 정작 궁금했던 것을 물었다.

"한데 이곳에 모이신 이유가 있습니까? 아! 북궁 소저는요?"

"곧 오실 거야. 중요한 얘기가 있다고 했거든."

"제가 때를 잘 맞춰 왔네요. 헤헤헤."

제제가 또다시 한마디 건넸다.

"운 좋은 줄 알아. 정신 바짝 차리게 해주려고 했는데."

"헤헤헤."

"웃기는……."

타박을 받으면서도 위지무의 웃음에는 전혀 가식이 없었다.

이럴 수 있는 걸까?

은소란의 의문은 당연한 것일지도 몰랐다.

그녀가 알고 있는 상하 관계와는 전혀 달랐기 때문이다.

'이런 모습… 참 좋다.'

북궁운혜가 악성을 보고 생각했던 것을 은소란은 위지무를 보며 하고 있었다. 이미 은소란의 시선은 많이 편안해져 있었다.

*　　　　*　　　　*

백삼을 입고 검은 머릿결을 흩날리며 서 있는 사내, 백리천은 대평원만큼이나 황량한 바람이 부는데도 아랑곳하지 않았다.

일부러 기다리고 있지 않는 한, 다가오는 여인과 정면에서 마주칠 수 없는 장소였다. 사방은 황량하지만, 양옆으로 거대한 바위가 길을 만든 곳이기 때문이다.

아름답기 이를 데 없는 얼굴.

풍은진은 그늘까지 다가온 뒤에 멈춰 섰다.

'그를 제외하고 이렇게까지 나를 긴장시킬 사람은 많지 않다. 혹시 그가 알려줬다는 삼황과 삼선의 후예 중 한 명?

아닐지도 모르잖은가.

"비켜."

백리천은 전혀 움직일 생각이 없어 보였다.

"무방비 상태로 가면 그들이 반겨줄 것 같은가?"

"……!"

풍은진이 어딜 가려는지 알고 있다는 듯한 말투.

풍은진은 근질거리는 몸을 이리저리 움직여 가려움을 해소시켰다.

반야무극신공을 운기하여 전신에 기를 고루 퍼뜨리는 행동이었다.

백리천은 멍한 눈으로 풍은진을 바라보다가, 갑자기 허공 저편으로 고개를 돌렸다.

"지금 가면 너는 죽는다."

"무슨 말을 하는지 모르지만, 비키기 않으면 뚫고 지나간다."

"할아버지부터 찾아보는 것이 어때?"

"할아버지?"

가슴이 철렁 내려앉으며 풍은진의 안색이 창백하게 변했다.

"무슨 소리야!"

백리천은 희미한 웃음을 떠올리며 낮은 목소리로 말했다.

"고집쟁이에 버릇없는 사람을 싫어하지 않으시던가?"

"어디서 들었지? 삼황과 삼선의 후예들이 그렇게 말하면 나를 위협할 수 있다고 했느냐?"

"난 대평원에서 나오는 길이다."

"말도 안 돼!"

그녀가 지금까지 있다가 온 곳이잖은가.

백리천을 발견하지 못할 리가 없었다.

"손녀를 찾으러 왔다더군. 대공을 만나러 갔을지, 아니면 당신을 찾으러 되돌아왔을지는 모르겠어."

지어낸 말일 수 있었다. 그러나 이어진 백리천의 한마디는 믿지 않을 수 없게 만들었다.

"할아버지 이름이 풍호라고 하지 않던가?"

“……!”

거짓말이 아니었다.

할아버지가 살아계신 것이다.

그러나 돌아가신 분이 어떻게 다시 나타날 수 있는가?

“아니야! 할아버지께서 살아계실 리가 없어! 살아계셨다면 지금까지 나를 찾지 않으셨을 리 없어. 거짓말하지 마!”

백리천은 풍은진의 완강한 거부에 고개를 저었다.

“상관없다. 믿든, 말든 그건 네가 선택해. 단지, 덕분에 한 가지를 깨닫게 돼서 보답을 하고 싶었을 뿐이니까.”

“보답?”

“삼극무황의 무공에 이런 구절이 있다, ‘셋을 모아라. 그러나 하나만 담아라’ 라는.”

“……?”

“후후후. 그런 게 있다.”

말을 마친 백리천은 아무 미련도 없다는 듯이 돌아섰다.

“거기 서!”

“뭐지?”

“삼극무황의 후예냐?”

“이상하군. 왜, 네 할아버지에 관한 얘기를 할 때는 가만있고, 무공에 관한 얘기가 나오니 눈빛이 달라지지? 무공과 관련된 것이라 그런가? 후후. 너도 천상 무인인 모양이군.”

“……!”

왠지 부끄러운 행동을 한 것 같은 느낌.

풍은진은 스스로를 다독였다.

'믿지 않는 것이 당연해, 풍은진! 저자의 말에 동요되지 마라. 너를 지금 시험하는 거야.'

백리천은 돌아서 있었으나, 풍은진이 일으키는 감정 변화를 모두 느낄 수 있었다.

싸우고 싶다!

풍은진은 지금 그걸 말하고 싶은 것이다.

"전에도 그랬지만, 내가 꺾고 싶은 상대는 여전히 둘이다. 한 명은 대공, 한 명은 무혼지주. 어쨌든 내가 해줄 말은 다 했으니 언제든 찾아와라. 삼극무황동의 위치는 알고 있지? 후후후."

백리천이 한 발을 땅에서 뗐다.

"거기 서!"

"하고 싶은 말은 다 한 것 같은데?"

"할아버지 얘기… 진짜인지 다시 묻고 싶다."

백리천은 의아한 눈으로 돌아섰다.

"뭐가 진짜냐는 거지?"

"뭐든지! 할아버지와 관계된 모든 것!"

악다문 풍은진의 입술에서 피가 나려 했다.

"할아버지께서 돌아가신 이후부터 하루도 제대로 잔 적이 없어. 대공을 죽여야 한다는 생각만 갖고 살았단 말이야."

백리천이 풍은진의 입장이었다면 무슨 말을 듣고 싶었을까?

이런 말이리라.

"대공이 원하는 대로 자격을 얻고, 찾아가 죽여. 할아버지가 죽었으면 원수를 갚고, 안 죽었으면 대공을 죽이고 행복하게 살아."

풍은진은 울고 싶었다. 어이없게도 할아버지가 보고 싶어 우는 것이 아니었다. 정말로 백리천의 말처럼 하고 싶기 때문에 우는 것이다.

'진짜로 내가 원하는 것이 뭐지?

우르르릉— 콰쾅—!

그늘을 만들어준 거대한 바위가 그녀의 손짓에 무너져 내렸다.

*   *   *

무산 삼협의 입구라 할 수 있는 서릉협.

호로병 모양의 산세를 수문장처럼 자랑하고 있었다.

깎아지른 듯 절벽이 갑옷처럼 보이고 지세의 험함은 나는 새조차 피해갈 것 같았다.

누가 이런 곳의 지하에 지하대전을 만들 생각을 하겠는가.

한 인영이 서릉협 정상에 서 있다가 좁은 구멍으로 들어갔다.

시간상으로 추정해도 몇백 장을 내려왔으리라.

턱.

내려선 인영의 앞에는 넓이만 해도 무려 백여 장에 달하는 공간이 석주에 의해 받쳐져 있는 모습이 들어왔다.

음산하고 칙칙한 소리가 규칙적으로 들려왔다.

머리털이 쭈뼛 설 정도로 날카로운 소리였다.

끼아악— 쭈그릇—!

소리가 그칠 즈음, 한기(寒氣)가 불어오며 소리까지 얼려 버렸다.

수와와아아—

인영은 한동안 한기에 대항을 하려는지 가만히 서 있었다.

그때, 저 안쪽 어딘가에서 들리는 저주받은 목소리.

"크르르. 이젠 무서울 게 없다. 뇌정우든, 대공이든 모두 죽는 거다!"

사량시의 내공을 모두 흡수한 탁휘룡의 음성은 지하 광장을 받치고 있는 석주에 금이 가도록 만들었다.

"대성을 축하드립니다!"

"왔느냐."

탁휘룡은 인영이 동굴로 들어올 때부터 알고 있었다.

사망적혈전으로 간 적무극이 언제쯤 돌아올지 알아보라고 보낸 자였다.

"사부님께서 뭐라시더냐?"

응당 대답이 나와야 할 사내의 입에서는 아무 말도 나오지 않았다.

탁휘룡의 목소리에 살기가 담겼다.

"죽고 싶냐?"

"아, 아닙니다. 혈왕께서는……."

불길한 예감이 탁휘룡의 붉은 눈동자를 일렁이게 만들었다.

역시나 사내의 입에서 믿을 수 없는 말이 나왔다.

"그곳에서 돌아가셨습니다."

"갈!"

붉은 여의주라도 뿜어냈던가?

탁휘룡의 입에서 나온 소리가 둥근 구체를 만들더니 부하의 심장을 뚫고 벽까지 날아갔다.

쩌저적—!

더 들어볼 것도 없었다.

"가만두지 않겠다. 그년 짓이야. 그렇지!"

"자, 자세한… 크헉!"

탁휘룡은 그대로 허공으로 솟구쳤다. 이전과는 비교도 할 수 없는 기운이 전신에서 흘러나오고 있었다.

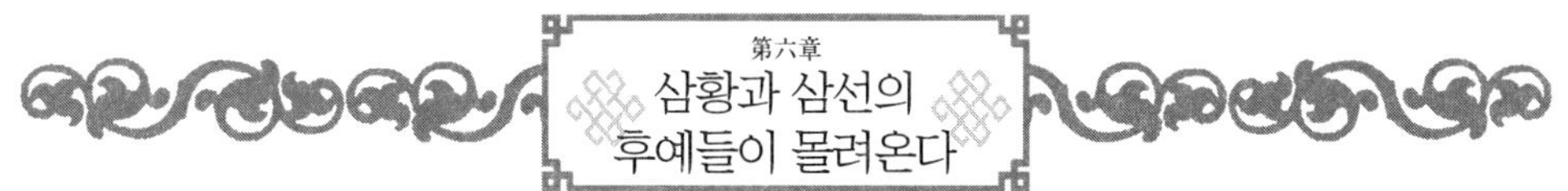

第六章
삼황과 삼선의 후예들이 몰려온다

북궁현이 단정의 부축을 받으며 대전 안으로 들어섰다.

"쿨럭……."

창백한 안색이 좋지 않았다.

북궁운혜의 걱정 가득한 얼굴이 뒤를 이었는데, 잠을 한 숨도 못 잤는지 많이 야윈 듯했다.

담사우의 안내에 따라 자리에 앉은 북궁현은 악성을 향해 어색하게 웃었다.

"오랜… 만… 이군."

"오 년쯤 된 것 같소. 시간이 별로 없는 것 같으니, 알려주고 싶은 것이 있다면 말해주시오."

정천에서 봤을 때와는 비교도 할 수 없이 강해진 건, 악성의 무공뿐만이 아니었다. 북궁현은 쓸쓸한 미소를 지으며 고개를 저었다.

“내… 얘기… 운혜가… 쿨럭…….”

북궁운혜가 북궁현의 입을 손수건으로 닦아주며 말문을 열었다.

“오빠, 말을 아끼세요. 악 대협께선 어떻게 아셨어요?”

북궁현이 할 말이 있다는 소린지, 다른 뜻에서 한 소리인지, 자리에 있는 사람들은 궁금한 눈으로 악성을 돌아봤다.

“북궁 대협이 단 대협과 함께 들어올 때부터 알았습니다. 북궁 대협을 저 정도까지 몰아세울 상대는 많지 않겠죠. 당연히 북궁 소저도 제외됐을 테고… 삼황과 삼선의 후예들인가요?”

“……!”

북궁운혜와 다른 사람들이 놀란 눈으로 악성을 바라봤지만, 오히려 악성은 벌써 꺼졌어야 할 불씨를 살려낸 그녀의 의술을 보고 놀랐다.

대전 안이 일순 조용해지자, 북궁운혜는 긴 한숨과 함께 고개를 끄덕였다.

“대상이 악 대협인 건 맞습니다. 하지만 공격한 대상은 삼황과 삼선의 후예 정도가 아닙니다.”

“……?”

듣기에 따라서는 충분히 오해를 살 수 있는 말이었다.

모두들 의아한 눈으로 이번에는 북궁운혜를 쳐다봤다.

“쿨럭…….”

북궁현의 각혈로 인해 손수건이 붉게 물들었다.

내부가 완전히 상한 것이다.

“대공이란 자입니다.”

제제와 위지무, 담사우가 입을 모아 외쳤다.

“대공?”

들어본 적이 없는 이름이기 때문이다.

“처음 들어보는 이름일 거예요. 지난 오 년간 삼황과 삼선의 후예를 모두 꺾었다는군요.”

위지무가 자리에서 벌떡 일어서며 소리쳤다.

“단 오 년 만에! 말이 되질 않습니다. 그런 자가 어찌 소문도 나지 않을 수 있습니까?”

“대공은 어디서 갑자기 나타난 사람이 아닙니다. 천 년, 그 이전부터 존재해 온 이름으로, 삼황과 삼선의 후예들이 자취를 감춘 것이 바로 그 사람 때문입니다.”

차분한 북궁운혜의 대답이 사실임을 악성은 알고 있었다.

북궁현이 그런 사실들을 어떻게 알아냈는지는 몰라도 지금쯤이면 말을 해야 할 필요가 있을 것 같았다.

“북궁 소저, 그런 사람이 왜 나타나지 않았을까요?”

“예?”

갑작스런 악성의 질문에 북궁운혜는 대답 대신 북궁현을 돌아봤다. 꺼멓게 죽어가던 북궁현의 눈이 처음으로 이채를 발했다. 악성의 표정에서 짐작 가는 바가 있는 모양이다.

북궁운혜는 탄성을 터뜨렸다.

“아! 악 대협께서는 그 이유를 아시는군요.”

악성은 고개를 뒤로 젖혔다가 자세를 바로 하고는 고개를 끄덕였다.

“긴 얘기입니다. 바로 제 어르신의 사문이자, 제 사문과 관련된 일이지요. 대공이란 이름이 천 년을 내려왔듯이, 묵동이란 이름도 천 년을 내려왔습니다.”

‘묵동?

“삼황과 삼선은 당시에 패자를 가리기 위해 싸움을 하던 중이었습니다. 대공이란 자가 나타나 삼황… 당시에는 절대육인이란 이름으로 활동했다고 하더군요. 사조께선 그들 중 한 명과 싸워보시고는 크게 실망해 천산으로 돌아가려 하셨답니다.”

악성은 말을 끊으며 제제를 돌아봤다.

제릉에 관한 얘기를 꺼냈으니, 당연히 소식을 물을 줄 알았기 때문이다. 그러나 제제는 엉뚱한 질문을 할 뿐, 제릉에 관한 얘기는 묻지 않았다.

“그럼 두 사람이 만났겠네요? 악랑, 결과는요? 설마 악랑의 사조께서 지지는 않았겠죠?”

“당시만 해도 사조께선 무공을 완성하지 못하셨어. 대결은 의외로 빨리 끝났지. 서로의 무공에 대한 경외감만 지닌 채 말이야.”

“비긴 거네?”

“사조께선 무공의 근본이 다른 탓에 승부를 내지 못했다고 적어놓으셨어. 대공은 어마어마한 내공을 익힌 반면에 사조께선 내공을 익히지 않고 원리를 터득해 가시던 중이었거든. 아무튼, 그렇게 헤어진 두 사람은 지난 천 년 동안 무림에 모습을 드러내지 않았어.”

북궁운혜가 갑자기 탄성을 터뜨렸다.

“아!”

“……?”

“정천에서 악 대협이 고민하시던 그…….”

“하하하. 그때는 일위강의 걸음마 단계였지요.”

그때였다.

북궁현이 각혈을 심하게 해댔다.

"쿨럭… 이, 일위가… 앙… 컥!"

"오빠!"

"괘, 괜찮… 그… 래… 서 그… 가… 됐… 부탁… 꺼륵……."

"오빠! 오빠! 오빠……!"

알아듣지 못할 말을 피와 함께 토해낸 북궁현은 만족스러운 웃음을 끝으로 눈을 감았다.

북궁현의 시신은 단파와 함께 묻혔다.

오열하는 북궁운혜를 단정이 곁에서 다독여 주었다.

악성도 보기가 딱했는지, 다가가 위로의 말을 건넸다.

"제가 괜한……."

"아니요. 오빠의 눈빛을 보면 알 수 있어요. 원망이 아니라, 할 일을 했다는 눈빛이었어요."

"그렇게 여기셨다면 고맙군요."

악성은 말을 끊었다가 다시 이었다.

"잠시 시간 좀 내주시겠습니까?"

"예? 예……."

"혹시 백리천과는 연락이 되십니까?"

"……!"

백리 대협이나, 백리 공자 등의 호칭이 아니라, 이름을 불렀다.

뜬금없는 질문에 북궁운혜는 화들짝 놀란 목소리로 대답했다.

"아니요!"

"왜 그렇게 놀라세요. 처음 봤을 때도 그러시더니. 하하하."

"처, 처음이요?"

북궁운혜는 악성이 전혀 모르는 사람 대하듯 했던 걸 떠올리며 의아한 표정을 지었다.

"혹시… 그때 이미 저를 알아보셨다는……."

"당연하죠. 모를 수가 없잖아요. 북궁 소저께선 독특한 향기를 지니고 계신 분인데……."

"향기… 요?"

"소담스럽지만, 단정한 향기라고나 할까? 곁에 있는 사람을 편하게 해주는 향기가 나요."

"……!"

북궁운혜는 또다시 가슴이 두근거렸다.

두근두근.

이대로 내버려 두었다가는 슬픔도 잊어버릴 것 같았다. 이내 북궁현의 죽음을 생각하며 냉정을 되찾았다.

"참, 하실 말씀이 있다고 하셨잖아요."

악성은 차분하게 마음을 가라앉히는 모습에 감탄했다.

'역시…….'

제제와는 다른 매력을 가진 여인에게 어찌 마음이 동요되지 않겠는가. 지나치듯이 건넨 그녀의 말이 아직도 귓가에 남아 있었다.

"아! 대공에 관한 얘기를 하려고 합니다."

"안 그래도 묻고 싶었어요."

"그와 만난 적이 있습니다."

"예?"

북궁운혜로서는 깜짝 놀랐다.

어떤 의미의 만남이란 건 그녀가 너무 잘 알지 않은가.

북궁현은 대공을 만나 죽음에 이르렀는데, 악성은 멀쩡하다?

"죽기 전에 하려고 했던 오빠의 말이 뭔지 아세요?"

"아니요."

"일위강을 익힌 자를 찾아가라고 했겠죠. 소저의 오빠 몸이 왜 치료가 되지 않는지를 보여주려는 심산인 겁니다."

"왜… 죠?"

직접 치료를 했음에도 그 이유를 알지 못하고 있었다.

"지금까지 저는 내공을 익힌 적이 없습니다."

'무슨 말씀을 하시려고.'

"일위강은 하나의 원리거든요. 작은 힘으로 단단함을 자른다. 이것이 전부인 원리죠. 하지만 단단함이 물체가 아니라, 좀 특별합니다. 내공을 자르거든요."

"내공!"

"마엽이란 자가 제매를 욕보이려 한다는 얘기를 듣고, 사천성까지 갔다가 되돌아왔습니다. 이곳에 도착하기 전에 두 번 싸웠습니다. 한 번은 대공, 다른 한 번은 여의무적도… 아! 한 번 더 있네요. 삼황과 삼선의 후예 중 마마천황의 진전을 이은 두 사람과 싸웠습니다."

북궁운혜의 눈이 반짝였다.

오빠의 복수를 할 수 있는 기회를 놓칠 그녀가 아니잖은가.

좀 더 자세한 얘기를 듣기 위해 악성의 입 모양을 주시하며 다음 말에 집중했다.

"대공이 놓아주지 않았다면 저는 이곳에 올 수도 없었을 겁니다. 정

말 어마어마하게 강한 자더군요. 일위강을 일으키는 원리를 머릿속과
는 다르게 마음에서는 부정하게 만들어 버릴 정도로 말입니다."

"아!"

악성이 허물을 벗으며 깨달은 것이다.

일위강을 자꾸만 크게 일으키려는 마음과 그래서는 안 된다는 경고
를 하는 머릿속. 두 경계에서 혼돈의 시간을 보냈던 것이다.

"이 얘기를 하는 진정한 이유를 아시겠습니까?"

"…예."

"그런 자가 정확히 사망적혈전에 올 때까지 살 수 있도록 해놓았습
니다. 고칠 수가 없는 것이 당연하겠죠. 앞으로 많이 바빠질 것 같습니
다."

"어딜… 가세요?"

"당장 대공을 찾아가고 싶지만, 아직은 자신이 없네요. 그리고 그 역
시 좀 더 완벽한 일위강의 원리를 보고 싶을 겁니다. 삼황과 삼선의 후
예들을 먼저 만나보렵니다. 대공이 얻었다는 심검을 깨뜨리기 위해서
라도 말입니다."

"시, 심검!"

"진정한 위력은 고사하고 앉은 상태로 저를 상대했다면 어느 정도인
지 아시겠죠? 다행인 것은, 마엽과 적무극을 꺾으면서 한 가지를 깨달
았다는 거죠. 그렇게 몇 번을 거치면 점차 나아지지 않을까요? 후후
후."

악성은 가볍게 손을 비볐다.

파슥―

무무환에서 묵빛 강기가 나오기도 전에 비수 형태의 유형화된 강기

가 만들어졌다.

"이 빛을 강기라고 합니다. 그렇죠?"

"예? 예."

"사조께선 절대육인과 대공을 상대하기 위해 강기를 만들어내신 것 같습니다. 제 생각으로는 후회하셨을 거예요."

"왜요?"

"내공을 익힌 사람들이 만들어놓은 것을, 원리를 익힌 사람이 따라 할 필요는 없잖습니까."

"아아……."

"소저, 제매를 부탁해요. 진의맹은 담사우가 알아서 처리할 테고, 화룡은 이미 무혼을 보고 달아난 상태이니 다시는 덤비지 않을 겁니다. 정천과 암황무적군단이 무림에 모습을 드러내면 돌아가신 분들도 많이 기뻐하실 겁니다. 그분들의 뜻도 기릴 수 있고요."

북궁운혜는 제룡이 죽은 걸 그제야 깨달았다.

'아! 제 소저가 그 사실을 알게 되면… 아니지, 차라리 그 편이 낫지 않을까? 그들을 악 대협께서 단신으로 상대하다 잘못되는 것보다.'

북궁운혜는 걱정스런 눈으로 악성을 바라봤다.

그러나 악성은 이미 결정을 내린 듯 씨익 웃고는 사람들이 있는 곳으로 움직였다.

북궁운혜는 악성과 헤어지고 나자, 복잡하던 머릿속이 정리가 되는 걸 느꼈다. 오빠의 죽음, 대공이란 자에 대한 복수, 정천의 재탄생까지.

모든 일에 악성이 포함되어 있었다.

대신 결정 내려줄 사람이 있다는 것이 너무 좋았다, 그녀가 마음속
으로 허락했기에 가능한 일이기는 하지만.

자신도 모르게 제제를 찾아갔다.

들어오라며 다소곳하게 문을 열어주는 제제의 모습이 생소해 보였
다.

"제 소저, 지내기에 괜찮으세요?"

"주인 행세하려고 온 거야?"

"예? 그게 아니라……."

"괜찮아, 악랑과 함께 있으면 어디든 나는 상관없어."

"……."

이젠 말 한마디를 해도 질투가 무럭무럭 솟구치게 만들었다.

"그렇군요."

"그럼!"

제제의 퉁명스런 대답에 북궁운혜는 웃으며 의자 앞에 섰다.

"좀 앉아도 될까요?"

"의자는 앉으라고 있는 거야."

"고마워요."

"무슨 일로 왔어?"

"그냥요. 얘기 좀 나누러 왔어요."

제제는 그제야 북궁현의 죽음이 생각났다. 남의 일에는 그다지 관심
없는 그녀에겐 그것도 특별한 일이었다.

"잘 왔어. 기다려, 차 한 잔 줄 테니까."

"잘 마실게요."

"어디 가서 내가 차 끓여줬다고 말하지 마, 귀찮게 찾아오는 거 딱

질색이니까."

　말은 그렇게 해도 악성한테 배운 대로 차를 정성껏 끓여서 내놓는다. 진지한 눈으로 틀리지 않으려는 노력이 엿보일 정도였다.

　북궁운혜는 차를 한 모금 마시고 활짝 웃었다.

　지켜보고 있는데 맛이 없다고 할 수는 없잖은가.

　"맛있네요."

　"그치? 난 뭘 해도 소질이 있나봐. 호호호."

　"예에……."

　끝까지 말을 했다가는 또 무슨 트집을 잡을지 몰랐다.

　'상대가 당황하게 만드는 것도 일품이죠. 호호호.'

　북궁운혜의 생각에 여유가 생겼다. 악성의 도움도 있었지만, 제제란 여인의 매력에 자신도 모르게 빠져든 탓도 있었다.

　처음에는 까다로워 말도 붙이기 싫었던 그녀가 알다가도 모르게 편해진 것이다.

　생각을 바꾸면 대상이 달리 보인다고 하던가?

　북궁운혜는 슬슬 본론을 꺼낼 채비를 했다.

　"제 소저……."

　"왜."

　"할아버지가 보고 싶지 않으세요?"

　"……!"

　갑자기 날카로워진 제제의 눈빛.

　북궁운혜는 피하지 않고 마주 보았다.

　"무슨 소릴 들은 거야? 악랑을 만났어? 내 허락 없이!"

　"오빠를 보내 드리고 돌아오는 길에……."

제제는 당황하는 북궁운혜를 보면서 고개를 저었다.

"괜찮아. 악랑도 말하기 곤란했을 거야. 원로원에 이어 삼마군까지… 모두 돌아가셨잖아. 할아버지가 돌아가셨다는 얘길 어떻게 하겠어. 나를 걱정해서 하지 않은 말인걸 아는데 내가 왜 화를 내."

"아… 셨어요?"

"악랑 혼자서 돌아왔어. 더구나 생판 알지도 못하는 놈하고 왔는데 그걸 생각 못 하겠어? 아는 척하면 걱정하잖아. 속으로 삭힐 수 있으면 그렇게 해야지. 이젠 어엿한 부인인데."

'부인……'

북궁운혜는 처음으로 악성과 제제가 닮았다는 걸 느꼈다. 전혀 비슷한 점이 없던 두 사람이 떨어져 있는 동안 서로를 닮아간 모양이다.

입가에 미소를 띠며 일어섰다.

"차 잘 마셨어요."

"가게?"

"가야죠."

"언제든지 와."

"아, 곧 큰 싸움이 일어날 거 아시죠?"

"큰 싸움?"

"어쩌면 예전의 정천과 암황무적군단으로 돌아가야 할지도 모르겠어요."

"암황… 무적군단?"

"은하련을 정천으로 되돌려 정파의 쓸 만한 인재를 모으려고요. 그래야 제 소저의 암황무적군단과 싸울 수 있을 거 아녀요."

"나와? 무슨 꿍꿍이야."

북궁운혜는 제제의 뚱한 표정을 보며 크게 웃었다.

"호호호."

"……?"

"미안해요, 그냥 웃음이. 음음, 그 이름을 거론한 이유는 따로 없어요. 진의맹은 곧 사라질 테니, 그 뒤를 책임질 곳이 필요할 것 같아서요. 예전으로 돌아가면 사람들도 알아서 흡수될 테고, 일단 정신없이 할 일이 생겨서 좋잖아요."

제제는 입술을 삐쭉거리다 고개를 끄덕였다.

"악랑께 여쭤보고. 언제까지 다른 사람 뒤치다꺼리 할 거야."

북궁운혜는 뒤에 말을 무시했다.

"안 한다고 하시면 조르세요. 제 소저의 귀여운 애교라면 안 들어주시고는 못 배길 걸요?"

"귀, 귀여운 애교?"

"예."

"너 지금 엄청 건방진 거 알아?"

"호호호."

북궁운혜는 유쾌하게 웃으며 방을 나왔다.

북궁운혜가 완전히 나간 뒤, 제제는 눈동자를 좌우로 돌리다가 거울 앞에 섰다.

"내게 애교라는 게 있을 턱이……."

직접 보면 되는 걸 뭘 망설이겠는가.

"악라… 앙, 마벌을 예전처럼 암황무적군단으로 바꾸는 거 어때요? 그렇게 바꿔요, 예?"

양손을 허리에 얹고서 목을 살짝 기울인 모습이 거울에 비쳤다.

“……”

어색하기 짝이 없고, 이 모습을 하고 제제 앞에 누군가가 서 있다면 입술을 찰싹 때려주고 싶은 모습이었다.

“웩. 저 여시의 말을 믿은 내가 잘못이지. 어우, 아까 먹은 게 나올 뻔했네. 쳇.”

그래도 한 번쯤 해볼 만한 것도…….

*   *   *

“그가 뭘 했다고?”

붉은 눈동자를 고정시키며 얼굴을 들이대는 탁휘룡의 기세는 보는 것만으로도 살가죽이 모두 밀려날 것 같았다.

아리운이 적의 침입에 대한 보고를 받은 것이 불과 이각 전이었다. 부서져 나간 대전 문 밖으로 진의맹의 불행을 알리기라도 하는 것처럼 석양이 지고 있었다.

탁휘룡을 막아선 모든 것이 터졌다, 아리운을 지키기 위해 나선 화룡의 머리조차.

사망적혈전의 유일한 생존자가 아리운이란 소문을 들은 후라, 찾아가기 전에 그곳에서 일어난 일을 듣기 위해서 온 것이다.

아리운은 정말 하나도 빼놓지 않고 모두 말했다.

그러나 탁휘룡은 계속해서 부정하며 진실을 말하라고 다그쳤다.

“자, 잘랐어요. 정말이에요!”

“사부님의 공격을 잘랐다고? 그게 말이 된다고 생각하느냐?”

“이 두 눈으로…….”

“너는 어떻게 봤지?”

아리운은 머리에 구멍이 난 화룡을 가리키며 울먹이는 목소리로 말했다.

“화룡을 통해서 봤어요.”

“저 강시를 통해서?”

“화룡과 저는 한 몸이나 마찬가지였어요. 흑강시는 그래요.”

탁휘룡은 뭔가 미심쩍은 눈이 됐다.

찍—!

“악!”

아리운은 찢어진 옷 섶을 끌어당겨 몸을 가렸다.

그러나 봉긋하게 솟은 가슴은 숨길 수 없었다. 아니, 일부러 가슴을 보였는지도 몰랐다.

“거, 건드리지 말아요.”

“내가 너를? 크르르.”

탁휘룡은 아리운의 아랫배, 그 아래로 손을 짚어 넣었다.

황당한 것은 아리운의 반응이었다.

경계하는 눈으로 탁휘룡을 바라보면서 몸을 활처럼 휘어 하체를 들어올리는 것이 아닌가.

“……?”

당연히 다음 수순을 밟아야 하는 탁휘룡이 엉뚱한 행동을 했다.

손을 코로 가져가 냄새를 맡더니, 화룡의 부서진 몸으로 다가가 턱을 잡아 당겼다.

찍—!

화룡의 몸에서 나온 검붉은 액체 때문에 고약한 냄새가 대전 안을

진동시켰다

"믿어야겠군. 그런 무공이… 있기는 있지."

탁휘룡은 오 년 전 악성의 마지막 공격을 떠올렸다.

"그렇지만 그건 겨우 검강 정도를 자를 때나 있을 수 있는 일이야."

신경은 쓰여도 아리운의 말을 완전하게 받아들이기엔 무리가 있었다.

"크르르, 설마 전설에나 나오는 심검을 이뤄서, 몸을 새롭게 만들었다?"

아리운이 갑자기 부르짖었다.

"심검!"

"알고 있나?"

"어머니께 들었어요. 그래서 흑강시를 만든 것이니까요."

"왜?"

"흑강시 열 구가 지닌 내공만 있으면 가능할지 모른다고. 이론으로는 가능하다는 얘길 들었어요."

"흑강시 열 구로 심검을?"

사량시의 힘을 받은 탁휘룡이잖은가.

눈이 번쩍 뜨였다.

"어디 있느냐, 흑강시 열 구!"

아리운은 살아날 수 있는 기회라 여겼으나, 이미 마지막 흑강시인 화룡까지 부서진 상태였다. 어쩔 수 없이 고개를 좌우로 저었다.

"사망적혈전에서 모두 부서졌어요."

"지랄……."

탁휘룡의 붉은 눈동자가 아리운의 전신을 훑었다.

분노하는 것이 여실히 느껴지는 눈짓이었다.

아리운이 다시 한 번 부랴부랴 소리를 질렀다.

"방법이 전혀 없는 건 아니에요!"

"방법?"

"사망적혈전엔 아직 부서지지 않은 강시들이 있을지 몰라요. 주인이 없어 움직이지는 못하겠지만, 지닌 힘은 고스란히 지니고 있을 거예요."

"호오, 그래?"

섬서 소화산(小華山).

산서성에서 그리 멀리 떨어지지 않은 곳이지만, 무림인들의 싸움은 일반인한테도 활기를 안겨주었다. 과거처럼 집단 대 집단이었다면 도망치느라 정신이 없었겠지만, 이번에는 달랐다.

'어느 고수가 어느 고수를 이겼네' 라든지, '천 명이 넘는 집단을 혼자서 깨뜨렸네' 라는 식의 무용담만 들릴 뿐이었다. 그들한테 직접적인 피해가 없었기 때문이다.

지금도 표물을 운반하는 무사 주위로 사람들이 몰려들었다.

이번에 있었던 무용담을 듣기 위해서였다.

"나도 들은 얘기라, 정확하다고는 말할 수 없소."

뜸 들이는 무사를 향해 사람들이 목소리를 모았다.

"아, 그만 뜸 들이고 말 좀 해주쇼. 그러니까 진의맹이 망했다는 겁니까, 아닙니까?"

"낄낄낄. 저 친구 급했구만. 하긴, 예전이라면 정천과 암황무적군단 딱 두 곳만 있으니, 편하기는 했지. 진의맹이 생긴 뒤로 뭔 놈의 물자를 그리도 뺏어가는지… 하 표사도 많이 당했잖수.”

하 표사라 불린 무사는 목에 힘을 주고 말하기 시작했다.

“펑 노인 말은 하나도 안 틀렸소. 정천에 일정량을 바치고, 암황무적군단에 다시 바쳐도 표국을 운영하는 데에는 지장이 없었거든. 한데, 진의맹은 끝도 없이 퍼 날라야 자리보전이나 됐나? 표국 쪽에서는 차라리 잘됐다고 생각한다우.”

“알았으니, 무혼지주의 얘기 좀 더해보우.”

“그 사람의 정체는 뭔지 아직까지 밝혀지지 않았수. 하지만 그가 구해준 사람들을 보면 대개가 낭인이나, 암황무적군단 시절의 고수들인 걸로 봐서는 마도 쪽의 인물이란 것이 지배적인 의견이우.”

“마도?”

“천마 제룡 정도만 되면 좋은데.”

“킬킬킬. 먹고사는 건 어차피 똑같은데 뭔 소리여.”

“그러니 항상 그 꼴이지. 기회가 오면 달려들어서 지부 산하의 물량 공급만 맡아도 노 나는 거지.”

모두들 사망적혈전의 싸움에 대해서는 입조심을 하고 있었다.

죽은 자들의 숫자만 몇 천이 될지도 모른다는 소문 때문이다.

그 정도의 인원이 죽었다면, 아직 이곳 어디에 있을지도 모르잖은가.

그러나 하늘에는 그런 사실을 전혀 개의치 않는 사람이 사망적혈전에 재앙을 뿌리려 날아가고 있었다.

당연히 땅에서 그런 사람이 날아가고 있다는 걸 알 리가 없었다. 하지만 한 사람은 달랐다. 눈을 들어 하늘을 쳐다본 것이다.

그.

수많은 사람이 그의 곁을 지나쳤지만, 그를 주시하는 사람은 한 명도 없었다.

흙 묻은 옷과 산발된 머리.

사람들은 그의 특별할 것 하나 없는 그를 무심코 지나쳤다.

하늘을 날아가는 사람에게 무슨 암시를 주었던가?

사망적혈전에 재앙을 내리러 가던 탁휘룡의 신형이 허공에서 갑자기 멈추었다.

'뭐지?'

이 상태로 날아가면 반나절 후면 사망적혈전에 도착할 수 있었다. 그러나 무시하고 지나가기엔 너무 이상한 느낌이 땅에서 그를 끌어당겼다.

탁휘룡은 땅을 내려다봤다.

날카로운 예기를 뿜는 것도 아니고 평범하기 이를 데 없이 걷고 있는 사내가 보였다.

유독 그만이 눈에 띄었다.

발걸음을 멈추고 허공을 올려다보는 그.

허무하기 그지없는 눈이었다.

하늘을 보려 했다면 탁휘룡과 시선이 부딪치진 않았으리라.

문제는, 그의 눈빛에 탁휘룡이 순간적으로 긴장하고 말았다는데 있었다.

"……!"

사량시의 힘을 고스란히 건네받은 그한테 긴장감을 심어줄 수 있는 사람이 존재할 리가 없었다.

"감히 나를 긴장시켜?"

수많은 사람들이 주위에 있었으나, 탁휘룡의 눈에는 그 외에는 들어오지 않았다.

양손을 포갰다가 열었다.

붉은 빛을 뿌리며 작은 고리가 그의 손바닥 위에 떠 있었다.

츠와아앗―!

붉은 고리는 서서히 주위 공기를 빨아들이는 것과 동시에, 아래쪽에도 변화가 일어났다.

산발한 사내는 움직인 적이 없건만, 그의 주위에 있던 사람들은 명령이라도 받은 것처럼 알아서 한쪽으로 이동하고 있었다.

사내의 몸에서 자연스럽게 그런 무형의 힘이 발휘되고 있는 것이다.

탁휘룡은 그런 사내의 모습이 전혀 이상해 보이지 않았다.

사람들이 무슨 기세를 어떻게 느끼든 별 상관이 없기 때문이다. 어차피 공격을 할 테니까.

그의 손 위에 있는 붉은 고리는 적무극의 것과는 비교할 수 없는 힘이 담겨져 있었다. 사량시의 힘을 사량겁화공과 하나로 만든 후, 다라패엽신공을 섞은 것이기 때문이다.

수비위주의 다라패엽신공이지만, 사량겁화공과 만나면서 어마어마한 위력을 지닌 적봉을 만들어내는 것이다.

사내는 처음으로 고개를 들었다.

아주 느린 음성으로 말을 꺼냈다.

"적 사제와 무슨 관련이 있느냐."

'적 사제?

반경인, 마엽, 뇌정우.

이들 셋이 아니면 그렇게 부르는 것은 불가능했다.

반경인과 마엽이 죽은 것을 모르니, 당연히 아래서부터 물어볼밖에.

"반경인인가?"

"반 사제도 아는가?"

"그럼 마엽?"

"적 사제가 많이도 알려준 모양이군. 제자라… 전대의 은원을 네가 지을 필요는 없다."

탁휘룡은 자신도 모르게 몸을 떨었다.

적무극이 항상 두려워하던 대상이 그였던 것이다.

"너는 내 대신 반드시 대사형을 꺾어야 한다. 그렇지 않으면 삼십 년을 그의 눈을 피해 도망 다닌 나처럼 된다."

귀에 못이 박히도록 들었던 이름이었다.

"뇌정우!"

뇌정우는 탁휘룡이 무슨 말을 하든 관심없다는 듯 엉뚱한 얘기로 화제를 돌렸다.

"그건 사량겁화공을 가공하여 만든 건가? 그동안 적 사제가 많이 준비한 모양이군. 적 사제는 어디 있느냐?"

부정하지도 않으면서 오히려 칭찬까지 한다.

탁휘룡의 붉은 눈동자가 쉼없이 흔들렸다.

약자가 강자를 알아보는 것이야 당연하잖은가.

그러나 순서가 뒤바뀌어선 곤란했다.

탁휘룡은 자신의 실력을 뇌정우가 알아보고 겁내고 있다는 착각을 한 것이다.

"겨우 이 정도의 인간을 사부님께서 그토록 신경 쓰고 계셨단 말인가? 크르르!"

뇌정우는 탁휘룡의 말을 듣고 나서 죽 주위를 돌아봤다.

사람들의 모습이 거의 자취를 감추었다.

"겨우? 정말 오랜만에 듣는 말이군."

비웃는 탁휘룡의 얼굴을 바라보는 뇌정우의 자세, 눈빛은 이전과 전혀 달라지지 않았다. 단지 탁휘룡을 향해 팔을 들어올렸다는 것 정도? 그리고 그 손을 탁휘룡은 제대로 보지도 못했다.

슈왁―!

정말 어마어마하게 빨랐다.

"……!"

놀란 눈이 채 안정을 되찾기도 전에, 햇볕에 가려진 뇌정우의 손이 불쑥 눈앞에서 튀어나왔다.

"헛!"

탁휘룡은 급히 손바닥 위의 구체를 아래로 폭사시킨 후, 뇌정우의 손을 막아갔다.

그러나 이미가 따끔거린 것이 먼저였다.

틱―

살갗이 조금 긁힌 정도의 충격이 느껴졌다. 당연히 별거 아니라는 생각을 할밖에. 그러나 뇌정우를 보기 위해 고개를 돌린 순간, 탁휘룡은 붉은 핏방울이 떨어지는 걸 볼 수 있었다.

'피?'

재빨리 이마를 만져 보던 탁휘룡의 눈이 경악으로 물들었다.

미미한 상처라고 여겼던 이마의 충격이 느껴졌던 위치에 손가락 하나는 족히 될 만한 자국이 만져졌다.

'내 공격은……?

뇌정우의 손에 들린 도가 보였다.

그 도가 바로 마마축융도이리라. 모든 것을 태워 버리는 위력을 지녔다고 해서 불의 신 축융의 이름을 썼다는…….

오싹!

강기 응집체가 어디로 갔는지 흔적도 없다는 것, 그 하나만으로도 충분히 다음을 기약하기에 충분했다.

붉은 눈동자가 흔들림을 잠시 멈춘 동안 판단을 끝낸 그는 재빨리 몸을 뺐다.

"다음에 보자, 뇌정우! 내가 아직은 완전한 상태가 아니라 그냥 가지만, 그년을 죽인 후엔 진정한 실력을 보여주마!"

'그년?

뇌정우는 도를 다시 들어올리려다 고개를 갸웃거렸다.

정말로 도망치고 있었다, 그것도 가공할 만한 속도로.

'대공… 정말 대단한 자. 심마(心魔)에서 빠져나오려고 그토록 노력을 했건만, 아직도 부족한가?

뇌정우의 최종 목적지는 대평원이었다.

조금 전에 펼친 공격은 대공을 상대할 때, 자신이 당했던 것과 거의 흡사하게 펼쳤다.

대공은 뇌정우의 마음을 죽였는데, 뇌정우는 탁휘룡의 얼굴 가죽을 뚫지도 못했다.

심마에 빠져 있는 동안, 주위에 있던 모든 사람들이 떠났다.

마마축융도를 대성했고, 현월의 기운 역시 충만했다.

이제는 그것을 넘어서 마마축융도가 지녀야 할 붉은색도, 현월의 기운이 지녀야 할 검은색도 사라진 상태였다. 이 정도면 됐다고 여기고 대공을 찾아가는 길인 것이다.

그러나 탁휘룡이 대신 말해주지 않았던가.

아직은 완성된 것이 아니라고!

*　　　*　　　*

밋밋하고 딱딱한 모용린의 턱에 여러 겹의 선이 접혔다.

그의 앞에는 무릎까지 땅속에 박힌 풍호가 결연한 표정으로 서 있었다.

모용린은 풍호를 알아보고 마구 웃기 시작했다.

"후후후. 살아 있었군. 천산의 노인이 살려줬을 줄은 꿈에도 몰랐다. 재미있어. 무엇보다 악성이 당신의 공격을 자를 정도의 고수였단 사실이 좋아. 역시 일위강이지 않은가!"

'일위강을 알고 있다. 어떻게?'

풍호는 의아한 표정으로 모용린을 쳐다봤다.

풍은진이 대평원을 떠나고 나서 모용린의 앞에 모습을 드러낸 사람만 해도 백리천, 풍호에 이어 북궁현까지 모두 셋이었다. 북궁현은 백리천의 흔적을 따라왔다가 모용린을 보자마자 도망치고 말았다.

그러나 풍호는 알고 있었다, 싸우지도 않은 북궁현이 치명상을 입었음을. 도망친 것이 아니라, 모용린이 놓아준 것임을.

모용린은 악성의 얘기를 하면서 입가에 웃음을 떨어뜨리지 않았다, 그것도 신나서 못 견디겠다는 듯한 웃음을.

풍호는 자신이 악성을 모시는 입장이란 사실을 말하지 않은 것이 얼마나 다행한 일인지 속으로 안심했다.

화제를 북궁현에게로 돌렸다.

"그놈은 왜 죽였는가?"

북궁현을 가리키는 말이다.

모용린은 일말의 주저함도 없이 대답했다.

"악성이 빨리 찾아오도록 하기 위해서. 더해서 다른 자들도 불렀지."

"……?"

"삼황과 삼선의 후예 중 다섯… 아니지, 어차피 여섯이겠군. 그들을 일일이 만나면 힘들까 봐 손을 좀 썼다."

풍호의 목젖이 꿈틀댔다.

꿀꺽―!

'어차피 여섯? 그렇다면 반야무극선의 후예로 은진이를… 안 돼, 주군께서 은진이를 만나면 안 돼!'

생각이 거기까지 미치자, 부르짖듯이 소리쳤다.

"은진이를 도대체 어디로 보냈느냐!"

"궁금한 것도 많군. 당신 손녀 역시 삼황과 삼선의 후예들을 찾아갔어. 역시 삼황과 삼선의 후예라 달라, 승부욕이 강하더군."

"……!"

풍호의 안색이 붉으락푸르락해지며 억지로 몸을 뽑아내려 애썼다.

"은진이를 찾으러 가겠다."

"누구 마음대로. 손녀를 만나려면 기다려, 곧 끝나니까."

"……!"

이미 모용린의 시선이 미치는 곳, 숨결이 닿는 모든 공간에서 자유로울 수 없었다. 억울해도 이를 악물고 침음하는 수밖에 도리가 없었다.

"크음……."

풍은진이 풍호의 손녀라는 것은 무공만 알려지면 금방 악성의 귀에 들어갈 테고, 그 소식을 들으면 악성은 곧장 이곳으로 달려오리라.

'주군.'

곽명과 장패기만 보낸 것도 마음이 쓰이는데, 악성까지 끌어들이는 꼴이 된 것이 아닌가.

그러나 한 가지 다행스러운 일은, 모용린이 왜 악성을 두려워하는지 몰라도 모든 얘기의 초점이 악성에 맞춰 있다는 것이다.

슬쩍 떠보기로 했다.

"이봐, 일위강이 그토록 두려운가? 그 무… 원리라고 해야겠지. 그 원리가 있는 한 당신의 심검은 최강이란 말을 들을 수 없을 것 같아 불안한가?"

감정의 동요까진 바라지 않았다. 하지만 모용린의 볼이 씰룩거렸다, 말 한마디가 심기를 건드린 듯.

"……!"

귀에 못이 박히도록 들었던 일위강에 관한 얘기며, 그것을 꺾기 위해 자신이 치렀던 대가 등이 떠오른 까닭이리라.

"큭큭큭. 검강을 자르고, 이기어검에 어검술까지 자른다는 무공이라고 했다. 보고 싶을 뿐이야. 아니, 너무 쉽게 이기는 건 싱겁지. 지금의

나의 내공을 넘어선다는 건 신이 아니면 불가능하니까."

그 말에는 풍호 역시 이견이 없었다.

뭘 해도 당연하게 여겨지는 경지에 오른 자이기 때문이다.

풍호라고 다시 덤비고 싶지 않겠는가.

결과가 눈에 보이기에 참고 있을 뿐이었다.

모용린의 말이 이어졌다.

"나 역시 검강이든, 이기어검이든, 어검술이든 모두 부술 수 있다. 삼황과 삼선의 후예들은 천 년 전의 절대육인과 비할 바가 아니게 강하다. 그런 자들을 모두 꺾었다. 녀석도 과연 가능할까? 그걸 넘어서야 내게 도전할 자격이 생기는 것이다."

'결국 자신이 도전하는 것이 아니라, 주군께서 도전하도록 만들었다는 뜻 아닌가?

모용린의 생각이 다소 유치하기는 했지만, 어이없게도 풍호는 이해가 갔다. 한 가지 생각에 몰두하다 보면 다른 것은 보이지 않게 된다지 않은가.

검강을 익힌 고수들이 아무리 많아도 이기어검을 당할 수 없고, 이기어검 역시 어검술에 당할 수가 없다.

모용린은 어검술을 뛰어넘는 심검을 얻었다고 스스로 말했다.

악성이 과연 상대할 수 있을까?

괜스레 걱정이 앞설 만큼 모용린은 괴물이었다. 아니, 괴물이란 말로 잴 수 없는 자였다.

"내게 도전하려면 일위강을 익힌 무혼지주 악성을 꺾고서 와라. 어때, 다들 미쳐 날뛰지 않을까?"

"……!"

한 번 패배한 사람이 재도전을 기꺼워한다?
그러나 지금까지 어느 하나 확신할 수 없었잖은가.
다른 사람도 아닌 모용린의 말이기에 가능한 얘기일지도 모른다.

第七章
대평원으로 가는 길

악 성은 북궁운혜에게 모든 얘기를 건네고 나자, 스스로도 많이 정리가 되었다. 덕분에 지난 며칠 동안 마엽의 어검술을 깰 때 사용했던 회초리에 대한 생각을 하게 됐다.

지금까지는 원리를 실천하는 수단이 일위강이라 생각했다.

그러나 일위강의 원리는 악성의 윗대 동주들이 남겨 놓은 기록에도 없듯이 일정한 형태로 정해진 바는 없었다.

한 가지 시험할 것이 생겼다.

모용린은 과연 삼황과 삼선의 후예들을 꺾으며 무엇을 얻었을까?

좀 더 깊은 생각에 잠기려 할 때였다.

쾅―!

"악랑!"

"……?"

“떠난다는 말이 사실이에요!”

화난 얼굴로 들어오는 제제의 모습이야 이미 예상하고 있었다.

피식.

악성은 다가오는 제제를 향해 웃으며 팔을 내밀었다.

달려오던 속도 그대로 악성의 품에 안기던 제제의 눈이 동그래졌다.

“어?”

악성이 제제의 허리를 슬쩍 들어올려 한쪽 엉덩이가 무릎에 닿게 하더니, 다른 한 손으로는 옆으로 뉘는 것이 아닌가. 그러나 놀란 이유는 따로 있었다. 악성이 제제의 등을 부드럽게 받친 후 입술을 포갰기 때문이다.

“읍! 읍!”

제제는 반항할 틈도 없이 한동안 악성의 교묘한 입막음을 즐겨야 했다. 어느 정도 시간이 지나자, 악성은 제제를 일으켜 세우며 머리칼을 정리해 주었다.

“확인할 것이 있어서 잠깐 나갔다 온다는 거야. 어차피 사망적혈전도 옮겨야 하고.”

“아니, 사망적혈전이 어디로 옮겨요!”

“사천성.”

“사천성?”

“제매가 일을 하려면 도와줄 사람이 필요하잖아. 북궁 소저는 꽤나 진지한 모양이던데? 하하하.”

‘일? 아!’

제제는 다시 한 번 깜짝 놀랐다, 북궁운혜와 함께 정천과 암황무적군단을 만들자는 얘기가 오간 지 얼마나 됐다고.

문득 떠오르는 생각.

"혹시 암황무적군단에 관한 얘기를 악랑이 그 여시에게 했어요?"

"여시? 하하하. 괜찮지 않아? 어르신들도 그곳으로 옮겨 드리고 말이야. 암황무적군단의 상징과도 같은 분들이시잖아."

"악랑……."

제제의 자존심 때문에 일부러 돌려 말한 것을 왜 모르겠는가.

악성은 한마디를 해도 미워할 수 없게 만드는 재주를 가지고 있었다.

다른 때 같았으면 제제는 불같이 화를 내며 북궁운혜를 질투했겠지만, 이번에는 활짝 웃음으로 대답했다.

"악랑의 뜻에 따를게요."

"왜, 환골탈태해서 강해 보여? 하하하."

"악랑!"

"하하하."

악성은 허리에 양손을 얹은 채 서 있는 제제를 예뻐 죽겠다는 표정으로 끌어안았다.

제제는 악성의 품에 쏙 안기는 순간, '이젠 정말 내 사람이구나' 싶은 감정이 뭉클거리며 피어났다.

그러다 악성이 떠난다는 말을 해준 위지무가 생각나 품에서 빠져나왔다.

"악랑, 혼자서 갈 생각은 아니죠?"

"혼자서 가야지."

"위지무를 데려가요."

"위지무?"

"그 인간, 여기 남아봐야 일도 안 도와주고 팽팽히 놀 거예요. 데려가요. 알릴 것 있으면 그 인간 보내시고."

입술을 납작하게 만든 것을 보니, 위지무가 뭔가 또 잘못한 모양이다.

"그러지, 뭐."

안 그래도 한 명쯤은 동행을 할 생각이었다.

"위지무, 안에서 뭐해? 들어간다."

제제는 손으로 입을 막으며 악성을 돌아봤다.

담사우를 통해 은소란과 함께 있다는 말을 들은 후였다.

사망적혈전으로 돌아온 그날 이후 급격히 가까워진 두 사람은 항상 붙어 다녔다.

"나, 나갑니다."

급히 서두르는 것이 정말로 뭔가를 하기는 했던 모양이다.

이번에는 악성이 제제를 어떻게 알았냐는 듯이 쳐다봤다.

"남자들 다 그렇죠, 뭐."

"응? 남자들?"

"아녀요. 셋 센다, 위지무! 하나, 둘, 세⋯⋯."

덜컹―

"⋯⋯."

"⋯⋯."

악성과 제제는 위지무의 행색에 할 말을 잃었다.

이마에는 땀방울이 가득했고, 어깨와 가슴 부위의 옷이 살과 달라붙어 있었다.

땀을 흘리고 곧바로 옷을 입었다는 뜻이다.

"소란이는?"

말이 떨어지게 무섭게 은소란이 위지무의 뒤에서 나왔다.

"오셨습니까, 벌주님."

위지무의 '헤헤헤' 거리는 웃음과 은소란의 수줍음이 묘하게 상황을 궁금하게 했다.

"안에서 뭐했어?"

"그냥… 보고 싶다고 해서요."

"뭘?"

"아니요, 그냥. 주군, 무슨 일이십니까?"

악성도 제제의 추궁이 재미있는지, 웃으며 가만히 있었다.

"주…….."

제제가 궁금해서 못 참겠다는 듯이 위지무의 말을 끊으며 재촉했다.

"아, 뭐했는데!"

뾰족한 제제의 음성에 위지무는 할 수 없이 방 안에서 있던 일을 사실대로 말했다.

"제가 익힌 무공이 음양경이잖습니까."

"그런데?"

"은 소저가 익힌 무공은 음공(陰功) 쪽이라, 양의 기운을 넣어주던 차였습니다. 막 끝이 났는데, 두 분이 오셨구요. 헤헤헤."

제제가 의심스러운 눈으로 위지무를 쳐다봤다.

"정말이야?"

"예? 정말이죠. 그거 외에 방 안에서 남녀가 할 일이 뭐가 있겠습니까. 헤헤. 못 믿겠으면 담 전주에게 물어보시면 됩니다."

제제의 입술이 삐죽거렸다.

"호호호. 위지무, 좋다 말았겠네?"

"윽."

악성은 제제의 말에 헛웃음을 터뜨리고 말았다.

"하하하. 제매는 무슨 생각을 한 거야?"

"무슨 생각이라뇨. 남녀가 단둘이 방 안에 있었다. 그럼 뻔하죠, 뭐. 소란이를 설득하려고 했겠죠. 악랑, 빨리 얘기하고 오세요."

"설득?"

"나, 위지무는 좋은 놈이다. 그러니 나만 믿고 따라와라."

"하하하. 위지무, 정말 그랬어?"

"아, 아뇨!"

"저 봐요. 부정하는 게 더 수상하다고요. 소란아, 이리와. 네게 물어보면 되지, 뭐. 호호호."

제제는 은소란을 불러내 자리를 떠났다. 그러자 위지무가 머리를 긁적이며 입맛을 다셨다.

"하실 말씀은……."

"함께 갈 곳이 있다."

"예? 저야 주군이 부르시면 언제든 따라가죠. 헤헤."

"제매한테는 금방 온다고 했는데, 좀 걸릴지도 몰라."

위지무는 아쉬운 눈으로 사라지는 은소란의 뒷모습을 쳐다봤다.

"뜸만 들이면 되는데……."

운기행공을 끝내고 두 사람 사이가 막 급진전 되려는 순간이었다. 그러나 어쩌겠는가, 이미 마차는 떠나고 없는걸.

위지무의 아쉬운 듯 입맛 다시는 소리가 처량하게 들렸다.

“쩝쩝……..”

　며칠 후 사망적혈전은 사천성으로 본거지를 옮길 준비를 했다.
　떠나는 선두 마차에 탄 곽명의 눈이 계속해서 뒤를 돌아봤다.
　아직 회복되지 못한 몸도 그렇지만, 제제를 도와주라는 악성의 부탁 때문이다. 이기어시를 사용할 수 있는 자신을 보호하기 위해서라는 말을 어떻게 해석을 해야 한단 말인가.
　이제부터 만나야 할 사람들은 이기어시로는 상대할 수 없는 고수들이라고 했다. 흑강시들만 봐도 충분히 짐작할 수 있는 말이었으나, 억울해도 어쩔 수 없었다.
　그런 곽명을 향해 악성은 손을 흔들어주었고, 곧바로 위지무를 돌아봤다.
　“며칠 동안 성과는 있었나?”
　“헤헤. 그럼요.”
　엄지손가락을 추켜세우는 모습에서 두 사람이 장래를 약속한 사이가 됐음을 알 수 있었다.
　“그럼 떠나자.”
　“예. 한데, 어디로 갈지는 정하셨습니까?”
　“북궁 소저가 삼극무황동의 위치를 알려주었다. 백리천부터 만나볼까 한다.”
　“백리천!”
　“기억하고 있는 모양이군.”
　“그럼요! 실력도 안 되면서 주군을 필생의 호적수로 여기겠다는 자 아닙니까.”

“하하하. 그것만 기억이 나?”

위지무가 자신의 머리를 두드리며 너스레를 떨었다.

“주군과 관련된 것은 이 위지무의 머리만 믿으십시오.”

오 년 전과 하나도 변하지 않은 위지무였다.

“백리천을 만나서 설득해 볼 생각이야, 대공이란 자를 만나지 말라고.”

“예? 그럼 북궁 소저가 간 이유는…….”

“설득하러 갔겠지.”

“그럼 됐잖습니까.”

“그 성격에 그녀의 말을 들을 사람이 아니야.”

말속에 복잡한 심경이 담겨 있었다.

백리천을 걱정하는 것보다 북궁운혜가 안쓰러운 탓이리라.

“가자.”

“예!”

*　　　　*　　　　*

그늘 진 어둠과 입구까지 내려온 넝쿨로 인해 쉽게 발견할 수 없는 동굴. 그 깊은 곳에 은은한 적광을 빛내는 인영이 앉아 있었다.

뇌정우를 피해 숨은 탁휘룡이었다.

벌써 육 일.

이마의 상처를 치료하기 위해 모든 힘을 다 쏟았으나, 희미한 자국까지는 지워지지 않았다. 사량시의 힘으로도 뇌정우의 기운을 몰아내지 못한 것이다.

그때, 아무도 찾을 수 없을 것만 같던 동굴 입구에서 인기척이 느껴졌다.

"주군, 이곳은 왜……."

'……'

탁휘룡은 약초꾼이나, 사냥꾼 정도로 생각했다.

그러나 이어진 또 다른 음성 때문에 귀가 번쩍 뜨였다.

"누군가가 진을 펼쳐 놓아서."

'진을 발견했나?'

두 번째 음성에 탁휘룡은 바짝 긴장했다.

치료하는 중이었다. 조금이라도 충격을 받으면 사량시의 힘이 폭주하여 몸이 터질 수도 있었다. 완전히 흡수하려면 약 일 다경은 더 필요한 상태였다.

'조금만……'

바람이 통했던가.

들려오던 대화가 끊겼다.

'갔나?'

기회는 지금뿐이었다.

동굴 밖에 펼쳐 놓은 진을 발견할 정도면 시간이 별로 없었다.

일각, 이각… 원하는 시간이 됐다.

<u>스르르</u>.

진기가 풀리며 삼단전에 고루 퍼지는 것이 느껴졌다.

"후……."

번쩍!

눈을 뜨자마자 공기를 밀며 몸을 미끄러뜨렸다.

일단 두 사람을 조용히 죽이는 것이 순서다.

악성은 진이 설치된 곳 뒤에서 이상한 기운이 다가오는 걸 느끼고
자리에서 일어섰다. 위지무 역시 갑자기 몰려드는 퀴퀴한 냄새에 고개
를 뒤로 돌렸다.
"조심해."
"예? 응? 이게 무슨 냄새지?"
"진을 설치한 자가 나오는 모양이다."
"헤헤. 제게 맡기십시오, 주군."
"아니."
"예?"
"익숙한 기운이다."
"……?"
"적무극의 몸에서 흐르던."
"적무… 아! 주군께 죽었다는 둘 중 한 명이요?"
악성은 미미하게 고개를 끄덕이며 어둠 속을 바라봤다.
"죽었다더니 아직 살아 있는 모양이야."
"누가요?"
"탁휘룡."
그때, 안쪽에서 시체 썩는 냄새보다 지독한 음성이 흘러나왔다.
"크르르. 용케도 기억하고 있구나, 악성."
진을 뚫고 나오는 붉은 머리칼의 사내는 악성을 보며 기괴한 미소를
보냈다.
"역시 탁휘룡, 당신이군."

"그래, 오랜만이야."

"제매한테 당했다고 들었는데 여기 숨어 있었나?"

"덕분에 사부님께 사량시의 힘을 고스란히 가져올 수 있었지."

"사량시!"

악성은 왜 적무극이 그토록 사량시를 지키고 싶어했는지, 발룩천존의 몸이 바싹 말랐는지 이제야 알 것 같았다.

불현듯 한 가지 가정이 떠올랐다.

적무극이 만약 사량시의 힘을 흡수했다면?

내공이란 정말로 한도 끝도 없이 늘어날 수 있는 거란 말인가?

악성의 탄성에 탁휘룡은 기고만장한 표정을 지었다.

"크르르. 겁이 나는 모양이지?"

이때, 가만히 듣고만 있던 위지무가 나섰다.

"지랄하고 있네."

"응? 네놈이었군."

"사람들 피를 빨아 먹었냐? 왜 그리 머리까지 빨개?"

탁휘룡 정도라면 위지무 혼자서도 가능할 것 같았다.

악성의 실력을 잘 알기에 굳이 나서지 않게 하려는 것이다.

예전 같았으면 눈앞의 탁휘룡이 풍기는 기세만으로도 오금이 저렸을 테지만, 그의 구유음양수를 맛보듯이 받아들이고, 매번 문제점을 지적까지 해주는 악성과 지내면서 크게 달라졌다.

구유음양수를 받아들인다?

말은 쉬웠다. 하지만 같은 무공을 익히지 않은 사람이 이질적인 내공을 받아들였을 때는 큰 문제가 된다. 아무리 조화로운 무공을 익혔다 해도, 음양의 평형이 깨지는 순간 끝이기 때문이다.

그러나 거기서 끝이 아니었다. 악성의 몸으로 들어간 구유음양수는 새롭게 재구성되어 위지무를 공격했고, 그사이에 위지무는 자신도 모르게 무공이 더 높아졌다.

단 며칠 동안 일어난 일이었다.

"헹! 어디서 까마귀 등 긁는 소리야! 주모께 뒈질 정도로 맞았으면 알아서 길 것이지, 어디서 꼴값이냐!"

"크르르. 꼴값? 크하하하!"

우르르—!

동굴 전체가 무너져 내릴 듯이 요동을 치려는 순간.

탁휘룡의 입이 닫혔다.

"……?"

위지무는 입을 삐죽이 내밀고 놀렸다.

"뭐야, 그 정도 보여주려고 그렇게 큰 소리를 친 거야?"

"크르르. 모르면 입 닥치고 찌그러져 있어."

"이놈이 아주 죽여 달라고 통사정을 하는구만."

탁휘룡을 향해 움직이려는 할 때, 악성이 나섰다.

"위지무, 물러서."

"헤헤헤. 잠시면 됩니다."

"물러서."

"……."

악성의 목소리가 무거웠다.

'어? 주군께서 직접 나서시겠다는 건가? 그 정도로는 느껴지지 않는데.'

탁휘룡이 웃음을 멈춘 이유는 혹시나 밖에 있을지도 모르는 뇌정우

때문이었다.

그러나 그것을 어떻게 말하겠는가.

최대한 빨리 둘을 처리하고 제제를 찾아가야 했다.

"제매에, 주모라… 결국은 그렇게 된 건가? 크르르."

"처음 정해진 대로 이뤄진 거지."

"그년은 지금 어디 있지?"

악성의 눈빛이 처음으로 변했다.

"그… 년?"

"네놈의 여자 말이다. 그년 때문에 죽을 뻔한 것만 생각하면 이가 갈린다."

"우습군. 사부의 복수보다 네가 먼저란 거냐?"

"사부님의 복수야 지금 이뤄질 테니까."

"가능할까?"

탁휘룡은 건방을 떠는 악성의 눈을 들여다봤다.

조금 전에 잠시 드러났던 분노도 사라진, 편안함만 가득한 눈이었다.

정말로 자신과 싸워서 이길 자신이라도 있는 것 같았다.

좀 더 기세를 드러내기로 했다. 이왕 이렇게 된 이상, 뇌정우고 뭐고 다 필요없었다. 그러나 시간이 흘러도 악성은 전혀 변함이 없었다.

"크르르. 그때나 지금이나 사람 미치게 하는 건 여전하군."

"……?"

"내공을 익히지도 않은 놈이 강기를 막아내질 않나……."

"훗, 그때 한 말을 아직도 기억하고 있는 걸 보니 마음이 상했던 모양이군. 하지만 걱정은 하지 않아도 된다. 당신이 여운휘일 때 놓친 것과 제매를 해하려 했던 것 모두 이 자리에서 돌려줄 테니까."

"꿈을 꾸고 있구나. 네가 뇌정우라도 되는 줄 아는 게냐?"

"뇌정우?"

탁휘룡의 얼굴이 험악하게 변했다.

"그런 놈이 있다."

"이곳에서 육 일간 있었던 것과 관련이 있는 모양이군."

"당치 않은 소리!"

탁휘룡은 코웃음 치며 말을 이었다.

"단지… 그놈에게 한 방 맞았을 뿐이다."

"……?"

"그 사람을 한 번 보고 싶군."

"그럴 기회는 없을 것이다, 너는 이곳에서 죽을 테니까."

탁휘룡의 이죽거림이 채 끝나기도 전에 악성의 고개가 뒤쪽으로 돌아갔다.

잠잠.

동굴 밖에는 정적만이 흐를 뿐이었다.

쉬악—

'뭐지?

이채를 발하는 악성의 눈을 보며 탁휘룡이 다급히 물었다.

"너희들만 온 것이 아니냐?"

당황함이 역력한 말투.

오히려 악성이 되물었다.

"왜 그리 놀라지? 마치 누군가에게 쫓기기라도 하는 것처럼?"

"……."

탁휘룡은 대답을 못하고 긴장된 눈만 껌뻑거렸다.

육 일은 그리 짧은 시간이 아니었다.

뇌정우는 탁휘룡이 사라진 방향으로 거리를 넓혀갔으나, 이내 잘못된 생각임을 깨닫고 되돌아왔다.

숨는다는 생각을 못한 것이다.

탁휘룡 정도 되는 자가 숨는다?

그런 장소가 될 만한 곳을 찾아다니기를 벌써 이틀.

적당한 곳 중 두 곳은 천 장 깊이의 계곡 바닥까지 뒤져 본 상태였다.

두 명의 신형이 어디론가 날아가는 모습을 발견하지 않았다면 그곳 역시 그냥 지나쳤으리라.

두 사내는 귀신같이 동굴 하나를 발견하더니 들어가서 아직 나오고 있지 않았다.

'혹시…….'

그곳에 탁휘룡이 있을지도 모른다는 생각이 들었다.

그제야 두 사람의 신법이 예사롭지 않았다는 걸 생각해 냈다.

너무도 평범해서 전혀 드러나지 않았기 때문이다.

뇌정우의 눈이 보는 것과 실제 거리와는 차이가 있었다.

순간적으로 그의 신형이 동굴과 이십여 장 정도 떨어진 허공에 멈추더니 바람 소리가 들렸다.

쉬악―!

'웃.'

뇌정우는 순간적으로 신형을 동굴 아래쪽으로 떨어뜨렸다.

바람 소리를 듣고서 고개를 돌렸다면 이해를 해도, 그전에 돌려지는 얼굴은 뭔가.

헛웃음이 흘러나왔다.

누군가의 시선을 피해 그가 움직인 것이다.

홍미로운 인물임이 분명했다.

'올라가 볼까?'

생각과 동시에 그의 발밑에서 와류가 형성되었고, 신형이 서서히 떠올랐다.

그러나 반쯤 올라갔을까?

동굴에서 두 명의 신형이 밖으로 나오기 무섭게 허공이 마치 평지처럼 유유히 날아가는 것이 아닌가.

'뭐지?'

날아간 방향을 확인하고 동굴로 들어갔다.

들어가자마자 그의 신형은 굳고 말았다.

바닥에 쓰러진 탁휘룡을 봤기 때문이다.

주위를 둘러봤으나, 탁휘룡 주위의 벽만이 방사형으로 갈라져 있을 뿐, 입구 쪽에는 아무런 흔적도 없었다.

'채 힘을 다 꺼내기도 전에 죽은 것이다.'

탁휘룡의 시체를 뒤집어봤다.

멀쩡했다.

몸 어디에도 자상은 발견되지 않았다.

이번에는 직접 이곳저곳을 짚어봤다.

'……!'

전혀 이상이 없었다.

밖으로 나온 뇌정우는 곧바로 악성과 위지무가 사라진 방향으로 몸을 날렸다.

쿠르르르르—!

동굴이 무너지는 소리였다.

뇌정우는 손을 쓰지 않았다. 그렇다면 세 사람의 싸움으로 인한 여파가 이제야 미쳤다는 뜻이다.

더욱 궁금해졌다.

뇌정우가 섬서 유림까지 와서야 악성을 멈춰 세울 수 있었다.

그것도 두 사람의 실력을 과소평가한 것을 깨닫고 전력으로 쫓아왔기에 가능한 일이었다.

평범한 외모에 기를 드러내지 않는 뇌정우.

위지무는 대수롭지 않게 대했다.

"우릴 왜 불렀지?"

뇌정우는 위지무를 똑바로 주시하다가 이내 고개를 악성한테로 돌렸다. 위지무의 눈빛으로 자신을 알아보지 못했다는 것을 깨달았기 때문이다.

역시나 악성의 눈빛에는 궁금함이 있었다.

뇌정우가 만만한 사람이 아님을 아는 듯한 눈이었다.

"한 가지를 물어보기 위해 산서에서 이곳까지 쫓아왔네."

"산서?"

"탁휘룡을 죽인 사람이 자넨가?"

악성은 나서려는 위지무를 막으며 앞으로 움직였다.

"동굴이 무너지지 않았던가요?"

"운이 좋았네. 그전에 나왔거든."

"궁금하셨던 모양이네요. 악성이라 합니다."

"뇌정우일세. 그건 무슨 수법이었나?"

살기를 드러내며 싸우고 싶다는 말도 아니었고, 반드시 알아야겠다는 의지도 느껴지지 않았다.

주섬주섬 떨어진 과실을 주워 담는 사람들처럼 담담했다.

악성은 위지무와 함께 가던 방향을 가리켰다.

"목적지가 정해지지 않았으면 좀 걷지 않으시겠습니까?"

"그것도 좋겠지."

위지무가 보기에는 황당한 두 사람이었으나, 악성과 뇌정우는 아주 자연스럽게 걸으며 대화를 시작했다.

"무공은 언제부터 익혔나?"

"일반적인 기준에 비추면 많이 늦은 나이였습니다. 스물이 넘었으니까요."

"허! 놀랍군. 한데도 탁휘룡과 같은 고수를 그렇게 만들다니, 감탄했네."

"제가 익힌 원리 때문입니다."

"원리!"

처음으로 뇌정우의 눈이 크게 떠졌다.

"혹시… 일위강?"

"어떻게?"

"대공을 만난 적이 있네."

"……!"

악성은 제자리에 멈춰서며 놀란 눈이 됐다.

모용린을 만나고도 살아 있다는 사실을 믿을 수가 없었기 때문이다.

이어진 얘기는, 거의 대부분이 일위강의 원리와 내공에 대한 것이었고, 간간이 뇌정우의 마마축융도에 대한 얘기도 이어졌다.

동이 틀 때까지 두 사람의 걸으며 하는 대화는 계속됐다.

산을 넘고 들을 건너자, 완전히 해가 떴다.

대화도 거의 마지막을 향해 치닫는지, 뇌정우가 떠오르는 해를 가리키며 물었다.

"자네는 저 해가 멀어 보이나, 가까워 보이나?

"화두인가요?"

"아니, 저기 보이는 붉은 해가 지금은 무척 커 보이지만, 낮에는 동전만큼 작아져 보이기에 물은 것뿐일세. 지금이 더 우리와 가깝지 않을까?"

뇌정우가 대공을 상대하는 것이 더 타당하지 않느냐는 질문이었다.

그러나 악성은 웃으며 반대의 대답을 했다.

"글쎄요. 저는 지금이 멀고, 낮이 가깝게 느껴지는군요."

"왜지?"

"지금은 서늘하잖습니까, 낮에는 덥고."

"흠, 그것도 일리가 있군."

"하하하. 같은 것을 보면서 서로 정반대의 의견을 가질 수 있다는 것이 아주 신기하군요."

이 얘기는 두 사람 모두 알고 있는 얘기였다.

두 사람의 이 대화는 대단히 높은 뜻을 지닌 것으로, 옆에서 집중하며 듣던 위지무만이 인상을 쓰고 있었다.

'해야 매일 뜨는 건데, 뭐가 가깝고 멀다는 거지? 아, 머리 아프다.'

위지무의 머리 아픔과는 상관없이 대화는 이어졌다.

"자네는 좋은 검을 지니고 있는 모양이군."

"제겐 검이 없습니다."

"검이 없다?"

"검을 만드는 원리만이 있을 뿐입니다."

"원리?"

"마음에서 검을 만들면, 마음에 따라 달라집니다. 아니, 그렇게 생각합니다. 하지만 검을 만드는 원리를 익히면 마음에 검을 품어 다칠 필요가 없겠지요."

"……!"

갑자기 뇌정우의 안색이 창백해졌다.

"검을 품고 있지 않다? 그러나 만들 수 있다? 후후후. 멋진 대답이군. 가능할지는 모르지만."

"아직은 밖으로 드러내는데 익숙하지 않습니다. 그러나 시작만 되면 금방 익숙해질 겁니다, 그것은."

"……?"

악성은 잠시 대답을 주저하다가 말을 꺼냈다.

"일위기(一葦氣)라 부르려 합니다."

"일위기? 도도히 떠다니는 한 자락 기(氣)로 무엇이든 자른다?"

"아마도."

"푸하하하하!"

뇌정우는 웃음을 참을 수가 없었다.

너무도 통쾌한 말이 아닌가.

기로서 무엇이든 자른다는 악성의 설명에는, 심검까지 포함된 것임을 알기 때문이다.

자신의 어도술로도 깨뜨릴 수 없던 모용린의 심검을 한 가닥의 기로 자른다는 말을 서슴없이 하는 악성이 너무도 어이가 없었다.

"광오하군. 일위기라… 푸핫! 어떤 것인지 너무 궁금해."

"아직은 완성되지 않았습니다."

"초식은?"

"아무것도 없습니다. 말씀드린 대로 원리이기 때문입니다. 원리에 초식이란 불필요하지요."

감탄에 감탄.

뇌정우는 평생을 익혀왔던 무공을 시험해 보고 싶어졌다.

"도를 꺼내고 싶군."

"저도 뇌 대협의 도를 받아보고 싶습니다."

스르륵.

뇌정우의 뒤쪽에서 붉은 홍염이 이글거리기 시작했다.

"화염도인가요?"

"그 정도로는 축융도를 표현할 수 없네. 자네가 인지하는 공간을 일시에 태우고, 혼까지 태워 버리는 도니까."

붉은 홍염으로 감싼 도가 이내 모습을 드러냈다.

"육십 년 이상을 내 손에서 떨어져 본 적이 없는 녀석이지."

"좋군요."

뇌정우는 천천히 악성의 앞으로 다가섰다.

"이제 시작해 볼까?"

긴장감이란 이런 것이다.

당겨진 활시위에서 화살이 나가기 바로 직전의 상태.

온몸의 살갗이 아우성치며 당겨질 화살을 눈보다 먼저 주시했다.

츠르르르릇—!

악성의 손에 긴 회초리 형태의 강기가 모습을 드러냈다.

"응? 그건 강기가 아닌가?"

"아직은 기만으로 뇌 대협의 공격을 받을 엄두가 나질 않네요."

"푸하! 마치 보잘것없는 기 한 가닥이 강기보다도 높은 경지처럼 말을 하는군."

"제 생각으로는 그렇습니다. '작은 것으로 거대한 것을 자른다'. 이것이 일위강의 기본 원리라고 할 수 있으니까요."

뇌정우는 들으면 들을수록 미궁으로 빠져드는 것 같은 착각을 하게 됐다. 더 이상 듣다가는 악성을 공격하지 못할 것 같았다.

"축융도는 모두 세 가지 초식으로 이루어져 있네. 화염!"

뇌정우의 외침과 동시에 마마축융도에서 십여 가닥의 불꽃이 일어나며 동시에 악성을 향해 날아갔다.

평범하지 않았다. 아니, 일반적이지 않다는 말이 옳았다.

불꽃 하나하나에 어찌 방금 전 싸웠던 탁휘룡의 전력이 느껴진단 말인가?

악성은 최대한 회초리에 힘을 주어 십여 가닥의 불꽃을 내리그었다.

쩌적— 쾅—!

"……!"

쩌르르.

악성의 손이 떨려왔다.

여섯인가 일곱 번째 불꽃과 회초리가 충돌하며 일으킨 폭음이었다.

내공을 자른 것은 그것이 최선이었던 모양이다.

그러나 정작 놀란 사람은 악성이 아니라, 뇌정우였다.

"지, 지금 뭘 한 거지?"

"뇌 대협의 내공을 잘랐습니다."

"……!"

들었다. 분명히 모용린의 입을 통해 들었고, 조금 전에 당사자인 악성에게도 들었다. 하지만 믿지 않았다. 아니, 믿을 수가 없었다. 경험하지 않고 믿는 것이 얼마나 어려운가를 다시 한 번 깨닫는 뇌정우였다.

"이번엔 폭화!"

뇌정우는 잃어버린 내공은 생각도 않고 그대로 공격을 이어갔다.

이번엔 다섯.

불꽃 둘이 엮이며 반으로 줄어든 것이다.

악성은 그의 마지막 초식을 어렴풋이 짐작할 수 있었다.

하나이리라. 십여 가닥이 하나로 엮이며 엄청난 응집체로 공격해 오리라.

자를 수 있을까?

눈앞의 다섯 가닥부터가 문제였다.

횡— 서걱—!

첫 번째를 잘랐다.

욱신거리는 손아귀가 터져 나갈 듯이 비명을 질렀다.

무무환은 끊임없이 묵빛을 뿜어냈고, 마지막 다섯 번째 가닥과 부딪쳤을 때였다.

조금 전과는 비교도 할 수 없는 거대한 폭음이 터졌다.

쿠콰— 콰콰콰콰콰—!

“컥!”

악성의 입에서 터진 신음.

그러나 웃고 있었다.

뇌정우는 자신의 마지막 공격과 부딪친 악성의 회초리가 터지는 것을 볼 수 있었다. 그런 상황에서 웃는다? 무엇 때문에?

“왜 웃지?”

약간은 격앙된 음성.

“흐름이 아직 끊어지지 않아서 웃었습니다.”

“흐름?”

“이 정도 충격이면 벌써 끊겼어야 하거든요. 다시 할까요?”

“좋아! 이번을 마지막으로 하겠다.”

추라라라랏―!

폭포였다. 거대한 물줄기가 불꽃으로 화하며 끝이 보이지 않을 때까지 솟구쳤다. 이미 뇌정우의 모습은 사라지고 없었다.

느껴지지 않았다.

흐름도 보이지 않았다.

오로지 화려함이 전신을 송곳처럼 찔러왔다.

허공과 땅의 구분이 사라지는 공격.

화염 기둥이 거대한 용이 되어 날아왔다.

바람이 분다.

치지직.

머리카락이 타는 소리도 들린다.

이럴 때 떠오르는 생각이 머리카락 한 올과 나무 잔이라니…….

쉭― 쉭―

두 번 긋고 났을 때.

악성은 뇌정우와 나눴던 대화 중 가깝고 먼 태양에 관한 얘기를 떠올렸다.

'거대하다고 생각하는 이유는 눈에 보이기 때문이지, 그것이 실제로 거대해서가 아니다. 눈을 감으면 보이지 않는 것을 보고 현혹되지 말자.'

스르륵.

눈을 감았다.

사방에서 다가오는 기운이 점차 가라앉는 것이 느껴졌다.

'좌!'

서걱—!

'우!'

촤악—!

악성의 움직임은 한동안 계속됐다.

작은 움직임도 놓치지 않고 모두 잘랐다.

그러나 그것은 악성의 착각일 뿐이었다.

악성이 눈을 감는 순간, 뇌정우는 허상을 이용해 기세만 날리고 있었다, 자신과 싸우면서 눈을 감다니.

모용린과 싸운 뒤에 그가 깨달은 것이 있다면, 바로 지금처럼 어디에든 자신을 담을 수 있다는 점이었다.

정직해서 당했다는 생각이 만들어낸 발전은 상대로 하여금 착각을 일으키게 만들었고, 그것은 곧 죽음으로 대가를 치르게 해주었다.

탁휘룡이 그 좋은 예잖은가.

하나에 집중할 수 있는 기회를 잡기 위해 힘을 나누었다. 그리고 지금 그 힘을 모두 끌어 모았다.

어검술이라 해도 그 성취의 정도는 천양지차.

마마축융도로 펼쳐지는 뇌정우의 어도술은 면이 아니라, 입체였다.

악성을 감쌌고, 어디에도 눈이 달린 것처럼 원하는 곳으로 힘을 보냈다.

일체가 됐다는 것.

원하는 곳까지 도를 날린다는 것.

그 의미의 극에는 마음이 있었다.

'잘 가라.'

악성의 터져 버린 회초리는 아직 복구되지 않았다.

길이가 미치지 않으면 막고 싶어도 막지 못하게 된다.

그때 문득 악성이 했던 말을 기억해 냈다.

"강기가 아니라, 기를 다루고 싶습니다."

손만 뻗으면 악성의 가슴에서 반대편 허리까지 잘려진다.

멈칫.

'아래쪽을 노리자.'

뇌정우는 노리던 곳을 급히 바꾸었다.

악성을 감싸던 수많은 눈이 급하게 돌아갔다.

찌지직―!

위지무는 가만히 서 있는데도 옷이 찢겨지자, 급히 신형을 뒤쪽으로 날렸다.

벌써 물러선 거리만 해도 이십여 장은 족히 됐다.

음양경을 최대한 펼치며 대항한 결과였다.

'도대체 주군께선 그동안 얼마나 강해지신 거지?'

두 사람의 움직임은 이미 멈춰 있었다.

보이지 않는데도 두 사람의 충돌로 인한 여파가 느껴진다?

위지무는 불현듯 자신의 온몸을 주물렀다.

두 사람의 싸움이 이미 인간의 한계를 벗어났다는 걸 깨달았기 때문이다.

'해빈이란 놈도 저자처럼 강해질까?'

추성의 정체를 은소란을 통해 들었다.

현월여의선의 진정한 후예라는 말을 듣고서 깜짝 놀랐다. 그런 자가 힘을 전해준다고 했다.

'다음에 놈을 만나면 란매 앞에서 멋지게 꺾어주고 싶었는데.'

자신이 없지는 않았으나, 뇌정우를 보고서 살짝 의지가 꺾이는 걸 느꼈다.

악성은 뇌저우의 최후 일격에 대한 준비를 마친 상태였다.

그러나 심장을 향해야 하는 그의 기운이 일시에 아래쪽으로 이동했다. 아니, 눈동자가 그렇게 움직였다.

'아차!' 싶은 생각에 이전과 똑같은 움직임으로 손을 썼다.

회초리의 길이가 줄어들었다는 것을 인지하지 못하고 저지른 행동이었다.

다가오는 마마축융도의 새하얀 빛이 다리를 자르려 할 때였다.

'길이가 모자란다!'

되돌리기엔 너무 늦었다.

회초리 하나만큼의 거리가 지나가는 것이 느껴졌다.

길이가 조금만 더 길었으면. 조금만 더!

간절한 염원 탓인가?

실같이 얇은 기운이 회초리 끝부분에서 흘러나왔다.

그 느낌을 어찌 말로 표현을 하겠는가.

물속에 빠진 물건을 꺼내기 위해 어깨까지 넣어도 안 되던 것이, 중지 끝에 닿아 가능성을 주던 그 느낌!

지금이 그랬다.

아슬아슬하게 뇌정우의 도와 닿을 것 같았다.

'자른다!'

불가능할지도 모른다는 생각을 잠시라도 했다면 결과는 악성의 예상대로 되지 않았으리라.

스걱―!

회초리 끝에서 전신으로 전달되는 확신은 뇌정우의 도가 잘렸다는 것을 알게 해주었다.

'됐다!'

"헉, 저, 저것이……!"

어떻게 기로 만든 공간이 눈에 확연히 보인단 말인가.

위지무는 벌어진 입을 다물지 못했다.

악성과 뇌정우의 움직임이 정지된 그 공간 가장 위쪽.

허공에 거대한 선이 그어지기 시작했다.

쩌쩌적―!

'저건 뭐지? 물이 꽉 찬 가죽 공이 터질 때처럼 곧이라도 물이 쏟아
질 것 같잖은가?'

위지무의 표현은 정확했다.

하얀 선이 위부터 아래까지 딱 맞물리는 순간, 주위는 완전한 침묵
에 빠졌다.

고요.

완전한 세 사람의 침묵이 만들어낸 결과물이었다.

"웩!"

티칵—!

뇌정우의 오른손이 팔목까지 터져 나갔고, 피가 불씨라도 되는 것처
럼 공기와 닿아서 불꽃을 피우며 빠르게 위쪽으로 타올랐다.

쉭— 툭—!

그의 오른팔이 바닥에 떨어졌다.

"윽! 정말… 누가 운이 없는 건지 모르겠군."

"아직 완벽하지 않습니다."

뇌정우는 악성의 손에 있는 유형화된 형체를 바라봤다.

원래의 크기 중에 반은 강기로 나머지 반은 보이지도 않았다.

"일위기라… 아주 멋진… 놈을 탄생시켰… 군."

털썩.

第八章
작게, 더 작게

모 용린은 풍호를 첫 날만 잡아두었고, 다음날부터는 도망치든 말든 신경 쓰지 않겠다는 듯이 수수방관했다.

몸이 자유로워졌는데도 풍호는 대평원에 남았다.

모용린의 기이한 행동 때문이다.

그는 손짓 몇 번이면 만들어질 일에 열중하고 있었다.

모양을 만들고 돌아와 앉아 있다가 다시 가서 흩뜨리는 행동을 계속하는 것이 아닌가.

풍호는 궁금함을 참지 못하고 물었다.

"그게 뭐하는 짓이오?"

"나도 준비를 해야지."

"준비?"

그는 풍호의 반문에 대답할 생각은 않고 말을 이었다.

“삼황과 삼선의 후예들과 당신을 비교하면 어떨까?”

“…….”

“자신이 좀 낫다고 생각하는군.”

갑작스런 말에 풍호는 당황한 음성으로 소리쳤다.

“나, 난 그렇게 말한 적 없다!”

“후후후. 말은 안 했지만 속으로는 생각했겠지. 한데 이상하지 않나?”

“무슨…….”

“내가 삼황과 삼선의 후예들을 모두 죽였다고 하는데, 어떻게 그들이 악성을 찾아갈지 말이야.”

“……!”

풍호는 모용린의 눈빛을 살폈다.

무슨 생각을 할 때 저런 눈빛이 되는지 생각해 내려 애썼다.

삼황과 삼선의 후예들은 죽었어도 가족이나 후계자는 있을 것이 아닌가?

풍호는 헛바람을 삼켰다.

“서, 설마!”

“후후후. 무슨 생각을 하는 거지? 내가 그들의 가족까지 전부 죽였을까 봐? 반대지. 당신의 손녀를 보고 생각을 바꿨지. 오히려 더 강해졌을걸?”

말을 마친 모용린은 자리에서 일어나 모래 언덕으로 걸어갔다.

그의 행동은 이유가 있었다.

모래의 형상을 만들고, 흐트러지길 기다렸다가 다시 만든다.

왜!

그의 두툼한 손은 고운 흙을 정성껏 쓰다듬었다.

스스스—

언제부터인지 모래 언덕의 모양이 단단해지고 있었다.

그의 장난스런 손길로 만들어진 검의 형상에 생명이 담기기 시작한 것이다.

풍호는 그 모습을 보는 동안 묘한 울림을 느껴야 했다.

뭉툭하기만 하던 모래 언덕에는 급기야 완벽한 검이 만들어졌다.

모용린의 손길은 아직 멈추지 않았다.

조금 더 거대하게, 조금 더 예기가 충만한 검을 만들려는지, 계속해서 움직였다.

'저 검이 완벽한 모습을 갖추면 정말로 살아서 하늘을 날 것 같지 않은가?

감탄할 수밖에 없었다.

하나의 생명을 탄생시키는 작업을 보고 있는 것이다.

한 인간의 정신과 영혼이 깃들어 만든 검이니 혼검이라 해야 하나? 아니면 심… 검?

*   *   *

시릿—!

어둠 속에서 붉은 빛이 원을 그리고는 순식간에 사라졌다.

빛이 사라진 암흑이 꽤나 오래갔다.

살기(殺氣).

미약하지만 공기 중에 퍼져 있다.

조금만 마셔도 질식해서 죽을지도 모를 만큼 무거웠다.

지금까지 붉은 빛을 뿌려낸 횟수는 두 번.

마지막 한 번만이 남아 있었다.

'내 혈린과 사부님의 여의무적도가 부딪치면 둘 모두 무사할 수 없다. 죄송하지만……'

해빈은 추성의 방식이 마음에 들지 않았다.

이곳에 온 뒤, 전해주겠다는 현월의 기운은 아직까지 받아본 기억이 없었다.

이런 식으로 허송세월할 수는 없었다.

부딪치며 깨달으라는 추성의 말을 무시하기로 한 것이다.

츠르르—

짐승의 낮은 울음소리가 어둠 속을 돌아다니던 어느 순간,

붉은 빛이 일렁였던 곳을 향해 무서운 속도로 백광이 번뜩였다.

'온다.'

추성의 무공은 해빈 역시 잘 알고 있었다.

추성은 처음에는 이 할을, 다시 삼 할을, 그리고 마지막인 지금 나머지 오 할의 내공을 넣었다.

이번에 여의무적도와 부딪치는 순간, 해빈은 자신의 온전한 기운을 모두 전해 받으리라.

이때, 곧 여의무적도와 부딪쳐야 하는 해빈의 자세가 갑자기 바뀌었다.

'응?'

한순간의 멈칫거림.

그것은 모든 것을 뒤틀어 버렸다.

해빈의 목소리가 전혀 엉뚱한 방향에서 들려왔다.

"죄송합니다, 사부님."

"이게 무슨……."

"이런 식으로는 너무 오래 걸릴 것 같아서 편법을 썼습니다."

"……!"

알려준 투로에 따르면 반드시 부딪치게 되어 있었으나, 지금과 같은 상황에서는 부딪친다 해도 내공 대결과 같은 우스운 결과만 만들어낼 뿐이었다.

추성의 입에서 안타까운 탄식이 흘렀다.

"아아……."

세상에 멍청한 사람이 많다고 하지만, 자신의 제자가 그중 한 사람일 줄이야…….

이리도 멍청할 수가!

추성은 하고 싶은 말을 한가득 담은 눈으로 해빈을 쳐다봤다.

오만하고 삐뚤어진 얼굴이 그곳에 있었다.

더 이상 기대할 것이 없었다.

여의무적도에 담았던 기운을 모조리 흡수하고 말았다.

"흡!"

충분히 받아들일 수는 있었다. 그러나 추성은 받아들이지 않고 전신으로 퍼뜨렸다.

푸학—!

"……!"

해빈의 안색이 딱딱하게 굳었다.

"미친놈, 미친놈이 분명해. 저런 살모사 같은 놈!"

명무상은 애당초 추성의 의도를 알고 있었다.

내공까지 전수하겠다니!

사부를 죽이겠다고 했던 놈이 바로 해빈이었다.

해빈에게 모두 물려주면 죽는다고, 절대로 그렇게 해서는 안 된다고 했으나, 소용이 없었다. 그때는 이미 추성의 마음은 굳어 있었다.

어둠 속에서 무슨 일이 벌어졌는지, 굳이 눈으로 확인하지 않아도 충분히 짐작이 갔다. 밖으로 나오는 사람은 정해져 있으나, 어떤 식으로 나올지는 두 가지였다.

추성의 말에 따르면, 완전하게 내공까지 전해진 상태로 빨라야 일 년이라고, 완전하지 않더라도 전해준 내공을 해빈이 제어하려면 몇 달은 족히 지나야 한다고.

곧바로 모습을 드러내려면 추성의 죽음 외엔 방법이 없었다.

당연히 곧바로 몸을 피했다.

"저런 개자식을 제자라고 믿은 당신이 잘못한 거요. 갖고 싶은 것은 무슨 수를 써서라도 갖고야마는 악마 같은 놈!"

진저리가 쳐졌다.

그렇게 어리석은 짓을 하지 말라고 했거늘, 추성만 불쌍해지고 말았다.

해빈은 분명히 쫓아올 것이다.

추성이 현월의 기운을 전해주기 전에도, 지금은 도망치고 없지만 다섯이 합공을 해야 간신히 이길 수 있던 해빈이었다.

"아!"

문득, 사망적혈전이 떠올랐다.

그곳이라면…….

방향을 틀었다.

*   *   *

낮과 밤의 구분이 무의미해졌다.

시간과의 싸움이 필요없어진 탓이다.

아무도 없는 텅 빈 세상에 홀로 방 안에 누워 멍하니 천장을 올려다
보고 있는 기분이라고나 할까?

뇌정우는 그런 눈으로 웃었다, 깨어난 지 반나절이 지나도록 그렇
게.

위지무의 눈에는 그런 뇌정우의 모습이 좋아 보일 리 없었다.

악성이 어떤 결정을 내리도록 재촉했다.

"주군, 저 사람을 어찌하실 생각입니까?"

승패를 떠나 뇌정우와의 싸움은 악성한텐 소중한 경험이었다.

생각만으로 가지고 있던 것을 가능하게 해줬기 때문이다, 한 가닥
진기로 정말로 어도술을 자르다니.

제릉에 의해 반 강제적으로 마안을 받고, 무의식중에 심장의 떨림을
느끼며 펼쳤던 '머리카락으로 나무 잔 자르기'와 다르지 않기는 했지
만 말이다.

그 느낌을 놓치고 싶지 않았다.

"위지무, 먼저 돌아가."

"예?"

악성의 느닷없는 말에 위지무는 화들짝 놀라 돌아봤다.

"그, 그게 무슨 말씀이십니까? 대평원으로 간다고 하지 않으셨습니까?"

"생각이 바뀌었다. 사천성으로 가서 제매한테 좀 늦는다고 전해줘."

"컥!"

위지무보고 죽으란 소리였다.

그 말을 전해들은 제제가 눈에 보이는 위지무를 가만히 내버려 둘리가 없잖은가.

"제, 제가 그런 만행을… 저지르고 살아 있을 거라 생각하십니까, 주군?"

반쯤은 농담이 섞여 있었다.

악성이 혼자서 움직이려는 이유를 알고 싶은 까닭이다.

피식.

악성은 위지무의 겁먹은 표정을 보며 말을 꺼냈다.

"뇌 대협과 겨루면서 깨달은 바가 있다."

"그… 컵!"

위지무는 '그게 뭡니까' 라는 말을 할 뻔했다.

다행히도 입을 막고 억지로 다시 삼킬 수 있었다.

'휴우, 잘 참았네.'

입을 막고서 불안한 눈동자를 이리저리 굴리는 위지무를 보며 악성은 낮게 한숨을 내쉬었다.

"많이 소심해졌네, 위지무? 그냥 예전처럼 물어보면 될 것을."

"정말이십니까? 사실은 궁금해서 미치겠습니다. 지금보다 더 큰 깨달음이라니요? 도대체 어느 정도나 강해질 생각이십니까?"

악성이 고개를 젓는 것과 동시에 멍하니 하늘만 바라보던 뇌정우가 말문을 열었다.

"어느 정도? 후후후. 무의미한 소리야."

악성은 활짝 웃으며 뇌정우를 돌아봤다.

"깨어나셨습니까?"

뇌정우는 허허로운 목소리로 대답했다.

"세상이 나를 깨운 것은 한참 전이지, 내가 나를 깨우려고 잠시 쉬고 있었을 뿐이네."

편안해진 모양이었다.

악성의 시선이 잘려진 그의 팔에 닿았다.

"……."

"괜찮네. 자네와 같은 무인과 겨뤄서 이 정도면 영광이지."

"뇌 대협……."

"사실일세. 대공도 자네처럼 한 가닥 진기로 내 어도술을 부수지는 못해. 후후후."

스스로의 능력에 대한 한탄일지도 모를 말이었다.

그러나 왜 모용린이 한 가닥 진기를 사용하겠는가.

일위강의 원리와 모용린의 심검은 시작이 다른 것이다.

"제 몸이 그렇게 해준 것뿐입니다."

"몸은 자네가 아닌가?"

"온전히 제 것이 되기엔 담긴 것이 너무 많습니다. 그것을 풀어내려면 평생을 힘써도 모자랄지 모릅니다."

"자네만이 할 수 있어. 급박한 순간에… 난 보았네. 자네는 들고 있던 짧은 유형체를 복원하지 않았어. 오히려 실처럼 가느다란 진기가 고개를 내밀 때까지 잘 참았지."

악성은 고개를 저었다.

"그것 역시 제 의지에 따른 것만은……."

"모든 상황에 대공을 적용시키지 말게. 그의 심검을 어떻게 깨겠다는 생각도 하지 말고. 나의 축융도를 깨뜨렸을 때처럼 하면 될 걸세."

'당시처럼…….'

사실 그때는 아무런 욕심도 없었다.

지나고 나서 당시의 다급함을 말로 풀지만, 그때는 그저 맡겼을 뿐이었다.

"좋은 충고 감사합니다."

"충고는 무슨… 곧 방법을 찾아낼 걸세. 후후후. 그러기 위해서라도 다른 자들도 만나고."

"……."

뇌정우 한 사람을 상대하고 얻은 깨달음치고는 너무 컸다.

일위기를 실제로 사용할 줄은 몰랐으나, 뿌연 안개가 사라지면 명확하게 몸으로 인지되리라.

흐름, 심장에서 시작되는 원리의 흐름을 빨리 찾아야 한다.

"작게… 지금보다 훨씬 작게 만들어야 합니다."

뇌정우는 가만히 악성을 쳐다보기만 했다.

악성은 아직 완벽하지 않다고 한다.

그러나 우연이라도 한 번 지나온 길은 쉽게 자국이 남는다는 것을 누구보다 잘 아는 그가 아닌가.

"자네라면 가능해. 후후. 날씨가 좋군."

자리에서 일어난 뇌정우의 눈은 하늘을 보고 있지 않았다. 아니, 방향은 하늘을 향하고 있었으나, 초점은 하늘과 땅의 중간 어디쯤을 보고 있는 듯했다.

'뇌 대협 역시 무언가를 얻으신 모양이구나.'

이 자리에 있지만, 이 자리에 없어도 전혀 이상하지 않은.

악성은 떠나는 뇌정우를 바라보며 혼자서 조용히 읊조렸다.

"어쩌면 대공보다 더 무서운 분이 뇌 대협이 아닐까?"

"어째서 그렇습니까, 주군? 저자는 주군께도 졌고, 대공이란 자에게도 졌잖습니까."

"그냥 그런 생각이 들어. 나의 일위기와 대공의 심검을 모두 상대했으니, 앞으로 저분의 후예가 세상에 나온다면… 깰 자신이 있을 때 나오지 않을까?"

"아!"

위지무는 그럴 수도 있겠다는 생각에 고개만 끄덕였다.

"저 사람의 이름을 후세에게 전해야겠군요. 뇌정우란 자의 후예는 무조건 조심하라고 말입니다."

"하하하."

"헤헤헤."

일위강을 깨뜨릴 상대가 나타나서 일위기가 만들어졌다. 그렇다면 또 다른 원리 역시 만들어질 수 있다는 뜻이다. 악성은 그래서 웃었다.

위지무 역시 자신감 때문에 웃었다, 악성을 걱정시킬 그런 무공이라면 먼저 깨버리겠다는.

＊　　　＊　　　＊

다행이라고 해야 할지, 불행이라고 해야 할지.

명무상은 사망적혈전으로 가기 전에 긴 행렬을 만났다.

제제의 외모가 한 번 보면 잊지 못할 정도의 아름답기도 했지만, 옆에서 함께 움직이는 은소란 때문에 더욱 쉽게 알 수 있었다.

다행한 일은 제제를 만난 것이고, 불행한 일은 그곳에 하필이면 은소란이 있다는 것이다.

일단은 일행에 합류하는 급선무였다.

그러나 행렬로 향하려는 그를 잡는 목소리가 있었다.

"명무상, 고맙소. 친절하게도 소란이가 있는 곳까지 데려다주다니."

"……!"

기척도 느낄 수가 없었다.

추성의 내공이 고스란히 전해진 모양이다.

'제길.'

돌아보자, 온몸에서 은은한 자광이 일렁이는 해빈이 보였다.

"사부를 죽이니 마음은 편하냐?"

"당신이 진즉에 약속을 했으면 내가 조급해할 이유가 없었잖아."

말투가 바뀌었고, 세상을 오시할 듯한 거만한 눈으로 행렬과 명무상을 한꺼번에 바라보고 있었다.

"사부까지 죽인 놈의 말을 어찌 믿고 약속을 하겠느냐. 나와 한 약속도 벌써 잊었을 텐데."

"그깟 계집이야 언제든 죽일 수 있지."

그깟 계집.

풍은진은 그런 소릴 들을 여인이 아니었다.

상황이 이상하게 변하긴 했어도 명무상 등 다섯 사람한테 새로운 생명을 전해준 여인이기 때문이다.

"몸 주위에 자광이 흐르는 것을 보니, 어느 정도는 받은 모양이구나. 내, 그토록 말렸거늘. 저런 놈이 뭐가 좋다고 내공까지 전해줬는지……."

"내공? 싸우면서 얻으려면 평생이 가도 못 얻었을 것이다. 당신이 보는 건 순전히 내 것이야."

"미친놈. 내공과 무공을 한꺼번에 전하려는 사부의 뜻도 몰랐단 말이냐!"

쾅―!

근처에 있던 바위가 박살났다.

제제가 알아챌 수 있도록 보낸 신호였다.

해빈은 웃었다.

"어차피 소란이만 데려가면 돼. 그 씹어 먹어도 시원찮은 놈만 없었어도."

명무상은 악인은 아니었다. 그러나 선인도 아니었다.

그의 머릿속에는 해빈을 죽일 수 있는 방법을 떠올리기 위해 빠르게 회전하고 있었다.

다른 방법이 있을 리 없었다.

'합공뿐이다!'

생각과 동시에 날았다.

쾌액―!

먼저 움직였음에도 무언가가 날아오는 소리가 또렷하게 들렸다.

신체의 일부를 포기해야 한다는 뜻이다.

왼손을 휘둘러 날아오는 무기를 움켜쥐었다.

시선은 전방, 두 다리는 여전히 빠르게 움직였다.

픽─!

"커학!"

왼손이 터져 나갔고, 어깨를 지혈하면서도 돌아보지 않았다.

뒤쪽에서 해빈의 외침이 들렸다.

"지독한 자!"

"미친놈. 말이 되는 소리를 해야지. 내가 지독하면, 너는 뭐라고 해야 하지? 큭큭큭!"

명무상은 고통이 밀려오는 것을 억지로 참아내며 아래쪽을 향해 큰 소리로 외쳤다.

"해빈이란 놈이 오고 있소! 모두 조심하시오!"

행렬은 명무상이 바위를 부술 때부터 멈췄다.

제제와 담사우가 행렬의 중간에 서서 날아오는 명무상을 지켜보고 있었다.

"저자는 누구지? 담 전주, 알아?"

"소도주와 함께 있던 자예요!"

뒤쪽에서 은소란이 급히 달려오며 말했다.

"소도주?"

"그는 천원건곤선의 후예… 아! 그가 와요!"

은소란의 눈에 해빈의 모습이 들어왔다.

제제 역시 해빈을 보고 있었다.

"이럴 때 한 방 날리면 좋겠는데……."

먼 거리에서 효율적인 위력을 발휘하는 무기는 궁이잖은가.

제제의 생각과 동시에 날카로운 소리가 들렸다.

피융—!

곽명이 화살을 날리고 나서 손을 흔들고 있었다.

"제법인데?"

"형수님, 조심하세요."

"어이구, 너나 잘하세요."

제제는 고개를 돌리고는 움직일 준비를 했다.

그때, 담사우의 입에서 탄성이 흘러나왔다.

"오!"

"뭐야?"

명무상을 지나 해빈을 향해 날아가던 화살이 흔들리는 듯하더니 갑자기 둘로 갈라진 것이다.

제제는 자신도 모르게 곽명을 돌아보며 탄성을 터뜨렸다.

"오, 제법……."

당사자인 곽명의 얼굴이 밝지 않았다.

"무슨……."

말이 끝나기도 전에 폭음이 터졌다.

쿠왕—!

당연히 물러서야 하는 해빈의 속도가 전혀 줄지 않았다.

"칫. 이럴 때 이상한 금이나 타주면 좀 좋아. 하여튼 복잡한 것들은 짜증난다니까."

먼저 떠난 북궁운혜를 가리키는 말이다.

일이 있다며 중간에 헤어진 뒤로 은근히 보고 싶었다.

"한동안 쉬었더니 몸도 근질거리긴 하네. 명아, 뒤를 부탁한다."

"조심하세요. 저자, 강합니다."

“알았어.”

“아니요, 정말로 조심하세요.”

곽명의 표정이 지나치게 진지했다.

그때, 명무상이 땅에 내려서더니 두 사람의 앞에 서서 무기인 비차를 꺼내 들었다.

챙─!

“저자가 땅에 내려서면 답이 없다. 내려오기 전…….”

휙─

“어? 이봐, 혼자서 가면 소용없다니까!”

명무상의 외침과 상관없이 제제는 허공으로 솟구치고 있었다.

마치 혼자서도 해빈 정도는 충분하다는 듯이 보였다.

명무상은 담사우를 돌아보며 물었다.

“내가 지금 잘못 본 건가? 지금 혼자서 저놈을 상대하겠다는 뜻인가?”

담사우는 걱정스런 눈으로 고개를 끄덕였다.

명무상은 기함을 질렀다.

“혼자서는 안 돼! 저놈은 삼황과 삼선의 무공을 두 가지나 지니고 있단 말이야!”

“그러게 말이우.”

허공에서 들린 대답.

“응?”

명무상과 담사우의 고개가 동시에 위를 향했다.

입으로는 연신 ‘헥헥’ 거리고 있으나, 얼굴은 웃음이 가득한 사내가 빠르게 제제를 향해 날아가고 있었다.

“위지무!”

담사우의 외침에 고개를 돌리는가 싶은 위지무의 시선이 어쩔 줄 몰라 하는 은소란에게로 향했다. 이 와중에도 손을 흔들어주는 배려는 잊지 않았다.

“란매, 잠시만 기다려. 아이구, 주모님! 제발, 걱정 좀 시키지 마세요!”

은소란은 사람들의 시선도 잊고 자신의 입을 양손으로 가리며 폴짝폴짝 뛰었다.

그녀의 성격도 어느새 위지무를 닮아가는 모양이다.

욱신.

명무상은 인상을 쓰며 잘려 나간 어깨를 만졌다.

“…….”

황당하게도 제제와 곽명과 위지무가 합세하면서 해빈은 일방적으로 밀리고 있었다.

긴장이 풀린 탓에 왼손을 쳐다본 것이다.

“내가 지금 제대로 보고 있는 건가?”

“삼황과 삼선의 후예들이라고 무적은 아니지요. 참, 암황무적군단이라고 들어보신 적이 있으시죠?”

“모를 리가 없잖은가.”

“생각있으십니까?”

“무슨 생각?”

“마벌과 사망적혈전이 새로운 암황무적군단을 만들려고 합니다.”

“……!”

명무상이 놀란 이유는 이런 혼잡한 상황에서 영입 의사를 권유하는 담사우의 대담함 때문이었다.

"정천과 다시 한 번 싸우려면 사파에도 고수가 많아야 하잖습니까."

"정천? 무슨 씻나락 까먹는 소린가. 정천이라면 오 년 전에 이미… 가만! 지금 그때로 돌아가겠다는 뜻인가?"

"이미 준비는 거의 끝난 상태입니다."

"큭, 크하하하!"

명무상은 황당한 제안에 웃으며 싸우는 곳을 돌아봤다.

해빈을 가장 곤혹스럽게 만드는 사람은 위지무였다.

음양경의 도움으로 철완의 절정기보다 강한 모습을 여실히 보여주고 있었다.

'어쩌면……'

아직은 해빈이 진짜 실력을 드러내지 않고 있지만, 드러낸다고 해도 가히 크게 밀리지는 않을 것 같았다.

"죽지 않으면."

"잘 생각하셨습니다."

"저 엉뚱한 놈은 누구지?"

"위지무라고, 대단한 사람이죠."

"아쉽구나!"

"무슨……."

"저 녀석을 먼저 봤다면… 크큭. 아니지, 그래 봐야 지금과 별다를 것은 없었겠지."

"예?"

"아니야."

"……."

“이제부터 어려워질 거야, 준비하게.”

“예?”

담사우는 세 사람이 승기를 잡고 있는 상황에 어울리지 않는 요구라 되물었다.

“누군가가 더 오고 있는 겁니까?”

“저 해빈이란 놈은 그리 만만하지 않아.”

“……?”

담사우는 명무상의 말을 그냥 흘려듣지 않았다.

은은하게 드러나던 해빈의 자광이 조금은 강해진 것도 같았다.

명무상의 설명이 이어졌다.

“드디어 여의혈린(如意血鱗)을 펼칠 모양이군.”

“여의혈린?”

“어검술과 같은 경지라고 하면 알아듣겠는가?”

“어검술!”

명무상은 자신의 비차를 고쳐 쥐고서 앞으로 나섰다.

“참, 그자도 암황무적군단의 식구인가?”

“누구를 말씀하시는지…….”

“왜 있잖은가, 일전에 사망적혈전에서 단신으로 엄청난 자들 둘과 허공에서 겨룬.”

“아! 주군을 말씀하시는 모양이군요.”

“주군?”

“곧 암황무적군단주가 되실 분이죠.”

“여의무적도가 질투할 만하군.”

“……?”

　의아한 표정의 담사우를 뒤로하고 비차를 회전시키며 앞으로 나섰다.

＊　　　　＊　　　　＊

　대평원은 거대하다.

　하북성, 산서성, 섬서성, 감숙성까지 네 개의 성이 한 면에 닿아 있었다. 당연히 넓은 장소인 만큼 대평원을 향해 움직이는 사람들의 발걸음이 닿는 곳도 각기 달랐다.

　섬서에서 곧바로 대평원을 향해 달려온 유난히 털이 많고 골격이 우람한 괴인은, 손가락 두 개 정도의 두께에 허리 아래까지 내려오는 긴 막대를 어깨에 걸고 주위를 둘러봤다.

　막대는 반질거리는 표면이 예사롭게 보이지 않았다.

　어깨에 올려져 평범하게만 보이지만, 위아래를 연결한 것은 운남성에만 서식한다는 만년교룡의 수염이었다.

　현존하는 궁들 중 최고라 일컬어지는 궁천제황의 무적전궁(無敵戰弓)이 바로 그것이었다.

　"화살에 마음을 싣는 건 어리석은 짓이다. 흐르흐르. 아버님은 그래서 대공에 졌지만, 나는 그런 실수는 하지 않는다. 완성되면 오라고? 그래서 왔다."

　차랍(叉拉)은 대공을 처음 봤을 때의 소름 끼치는 광경이 떠올랐다. 운남의 습지에 떨어져 시체도 건져내지 못한 아버지의 죽음을 어찌 잊겠는가, 그 악마 같은 무공을.

　차랍의 입술을 뚫고 신음 같은 음성이 흘러나왔다.

"반드시 죽인다… 흐르흐르."

한 손을 뒤로 돌려, 등에 맨 무적전궁을 만져 보았다.

안심이 된다. 이것만 있으면 문제될 것은 아무것도 없었다.

다시 움직이려 발을 뗀 순간.

차랍의 눈에 두 인영이 들어왔다.

지평선 끝에서 살짝 모습을 드러냈으나, 차랍은 그들이 남녀에 미남 미녀임을 한눈에 알 수 있었다.

여자는 엄청난 미인이었다.

그가 사는 곳에서는 큰 싸움을 하기 전에 반드시 여자를 안아야 하는 관습이 있었다, 당연히 웃을 수밖에.

"하늘이 내게 선물까지 주시는구나. 흐르흐르."

두 남녀는 백의를 입은 백리천과 청의를 입어 백옥 같은 피부가 더욱 두드러지는 풍은진이었다.

차랍은 기다리는 것보다 다가가는 쪽을 택했다.

스륵― 슥―

백리천은 차랍이 자신을 발견했다는 것을 알고 있었다.

대평원으로 가는 길이다. 이곳에서 만난 사람이라면 어느 정도 삼황과 삼선의 후예라는 것을 예상할 수도 있으련만, 차랍은 전혀 개의치 않았다.

백리천은 풍은진의 어깨를 잡으며 걸음을 멈추게 했다.

풍은진이 멈춰서며 의아한 얼굴로 물었다.

"아는 자인가요?"

"모르오."

“그럼 신경 쓰지 마세요.”

풍은진의 단호한 한마디에 백리천은 실소를 터뜨렸다.

“하하하.”

무공을 수련할 때도 이런 통쾌함을 맛본 적이 없었다.

대수롭지 않은 풍은진의 한마디로 속이 다 후련해지는 기분이다. 단며칠이지만, 그녀와 여러 날 동안 밤을 보냈다. 그 기간 동안 아무 일도 일어나지 않았다면 그것이 더 이상한 일 아닌가.

풍호를 잃고 난 후 풍은진이 처음으로 의지한 사람이 백리천이었다. 그런 사람이 긴장을 한다면 차랍 역시 보통 사람은 아닐 것이다.

“먼저 가보겠소.”

이미 결정을 내린 모양이다.

이럴 때 해줄 수 있는 말은 정해져 있었다.

“조심하세요.”

백리천의 신형이 무서운 속도로 차랍을 향해 움직였다.

사십여 장, 이십여 장… 십 장.

차랍은 천천히 걸어오고 있었다.

“흐르흐르. 여자를 두고 가면 가도록 해주겠다.”

백리천은 황당한 표정으로 차랍을 쳐다봤다.

“가도록? 후후후. 마치 나의 생살여탈권을 쥐고 있는 것처럼 말하는군.”

“흐르흐르. 나는 곧 중요한 싸움을 앞두고 있다. 그를 이기려면 여자가 필요하다. 하늘이 내게 내려준 여자이니, 욕심 부리지 말고 꺼져라.”

백리천은 잠시 차랍의 눈을 쳐다봤다.

“대공을 만나려고 가는 길이군.”

“흐랏! 대공을 아는 걸 보니 제법이구나! 그렇다. 궁천제황의 후예 차랍이 운남에서 왔다.”

목소리에 실린 경력으로 인해 흙들이 마구 날뛰었다.

파라라락—

백리천의 고개가 좌우로 저어졌다.

“세상에는 나왔으니 죽어도 할 말은 없겠군.”

“흐르흐르. 대공은 일위강을 꺾으면 찾아오라고 했다. 내 무적전궁은 최강이다.”

번뜩!

백리천의 눈에서 살기가 번뜩였다.

풍은진이 며칠 전에 말해서 알고 있었다.

대공이 가장 경계하는 무공이라고, 그 무공을 상대하기 위해 몇십 년 동안 시체처럼 지냈다고.

“닥쳐! 무혼지주를 네가 꺾었을 리 없다!”

“무혼지주?”

“일위강을 꺾었다고 하지 않았느냐?”

“으흠, 그러니까 일위강을 익힌 자의 이름이다 이건가? 기억해 두겠다.”

“……!”

이건 뭐냐.

백리천은 황당한 눈으로 차랍을 다시 쏘아봤다.

만나지도 못한 것이다.

“적룡!”

후아아앗―!

굉장한 위압감.

차랍은 재빨리 방어 자세를 취했다.

"큭. 모두 그를 찾는군. 오 년 전만 해도 겨우 몇몇만이 알아보던 실력을 이젠 모두 알게 된 건가?"

진정되지 않는 화를 가까스로 억누르는 것이 무척 힘들었다.

악성의 얘기만 나오면 이상하게 가슴에 불을 댄 것처럼 화끈거렸다.

"일위강을 경험하기 전에 내 적룡이나 막아봐라."

백리천은 손을 가슴 부위로 끌어올렸다.

츠르르릇―!

아직 초식을 전개하지도 않았는데 그의 손에서 삼색신기가 모습을 드러냈다.

백, 청, 홍의 세 가지 색은 서서히 하나로 합쳐지며 아주 약한 주홍색을 띠었다.

새롭게 깨달은 바가 있었다.

지금은 연한 주홍색을 띠고 있지만 투명한 주홍색이 될 날도 머지않았다.

그때는 적룡이 아니라, 자운룡(紫雲龍)이라 부를 것이다.

슈왁―!

주홍빛이 창처럼 변하며 차랍을 찔러갔다.

그러나 차랍 역시 만만한 자는 아니었다.

쿠쾅―!

폭음을 뚫고 날아오는 화살!

음침한 눈과는 달리 강렬한 녹색을 띠고 있었다.

강기 무공 이상의 경지에서 벗어나면 기에도 시전자의 무공에 따라
색을 띠게 된다. 지금 녹색이 옅은 것을 보면 백리천에 비해 크게 뒤지
지 않는다는 것을 알 수 있었다.

"적룡아!"

백리천의 외침에 따라 주홍빛이 입을 쩍 벌리더니 그대로 녹색빛을
삼켜 버렸다.

스스슷―

두 사람 사이가 잠잠해졌다.

무기와 무기가 부딪친 듯한 광경이었으나, 그로 인해 피해를 입은
땅은 무사하지 못했다.

방사형으로 갈라진 바닥에는 거미줄처럼 수도 없이 많은 줄이 그어
져 있었다.

강기라고 불리기엔 너무도 응축된 힘의 대결.

부서진 파편 하나조차도 강기로 화하는 것이다.

멀리서 지켜보는 풍은진은 자신도 모르게 손이 젖어오는 걸 느꼈다.

실력이 비슷한 두 사람의 싸움은 오래갈 수가 없었다.

매번 전력을 다해야 하는 싸움에 힘을 분배할 여유가 어디 있겠는
가.

풍은진은 속으로 생각했다.

'이번이 마지막이다. 천랑의 표정은 자신이 있어 보인다.'

천랑.

무의식중에 떠올린 말이었으나, 전혀 어색하지 않았다.

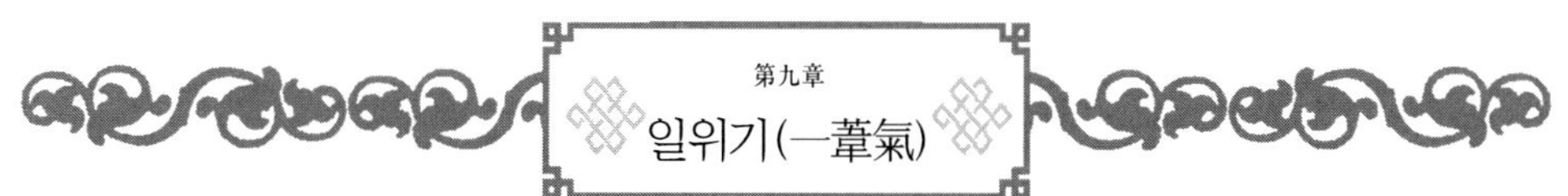

第九章

일위기(一葦氣)

악성은 위지무와 헤어진 뒤, 대평원을 향해 걸었다.

누군가를 만나기 위해서는 그 누군가가 원하는 것, 혹은 장소를 알아내면 된다. 추성이 그랬고, 무엽과 적무극이 그랬으며, 뇌정우조차도 한 사람을 향해 움직이고 있었다.

지금까지 악성은 많은 사람들의 오해를 받아왔다.

처음에는 한결같이 '왜?' 라는 반응이었다.

왜 내공을 익히지 않았느냐, 왜 무공을 사용할 줄 알면서 비겁하게 숨겼느냐 등등.

유일하게 다른 반응을 보인 사람은 모용린뿐이었다.

일위강을 꺾기 위해 천산까지 찾아갔다고 했다.

악성은 스스로한테 물었다.

목표가 있는가?

있었다.

누구도 넘볼 수 없는 최고의 무공이자, 내공을 익히지 않아도 최고가 될 수 있는 원리를 구현시키는 것.

거창하다고는 생각하지 않았다.

그만큼의 충분한 가치가 있다고 여겼기 때문이다.

그러나 지금은 달랐다.

일위기를 발견하고부터 달라진 것이다.

유일하게 악성 자신만이 펼칠 수 있는 원리, 생각만으로도 가슴 뛰는 즐거움이 아닐 수 없었다.

이런 즐거움을 느낄 수 있는 사람이 있을까?

제제는 천마십이식을 대성하여 소수를 발견했고, 위지무는 음양경을 구유음양수와 접목시켜 새로운 구유음양수를 만들었다. 또, 곽명은 천궁무백의 진전을 고스란히 이어받아 이기어시를 쏠 수 있는 경지에 올랐다.

그런 사람들과 함께 있었기 때문에, 현재의 뿌듯함이 즐거울 수 있는 것이다.

한 걸음 걸을 때마다 한 사람, 한 사람의 얼굴이 떠올랐다.

그 안에는 제룡도 있었고, 삼마군도 있었고, 풍호와 장패기도 있었다.

지금 걸어가는 길이 바로 새로운 길인 셈이다.

길을 만들어가는 사람.

그것을 실천한다는 생각을 하자, 모용린을 만나고 나서 빨리 사천성으로 돌아가고 싶었다.

슥―

무무환을 낀 반대편 손을 들어 하늘을 가리켰다.

흔들.

부드럽게 그려지는 곡선이 허공에 자국을 남기더니 주위로 퍼졌다. 눈에 보이지 않는 퍼짐. 다시 손을 저었다. 뒤이어 또다시.

연속으로 손을 휘젓는 데에는 이유가 있었다.

언젠가 보았던 북궁운혜의 금음이 생각난 것이다.

일곱 번의 금음이 모두 튕기고 나서 엄청난 폭풍이 불어 닥치지 않았던가.

이 엄청나게 빈 공간을 채우려면 얼마나 손짓을 해야 할까?

그러나 정작 악성 자신은 인지하지 못하고 있었다, 실타래처럼 빠져나간 한 가닥 진기가 살아 있음을.

어떤 결과를 바라고 하는 행동이 아니기에 신비스러웠다.

몇 가닥 풀리지 않은 진기가 바람을 타는지, 구름에 얹혔다가 다시 떨어지는지, 악성의 주위로 모였다 퍼지는 모습을 반복해서 보여주고 있었다.

＊　　　＊　　　＊

후아앗—!

제제와 위지무가 급히 눈을 가리고 뒤로 물러서자, 해빈의 몸에서 무슨 일이 일어났는지 뒤쪽에서 지원해 주던 곽명만이 볼 수 있었다.

해빈의 몸을 감싸던 불그스름한 기운이 팽창하며 제제와 위지무를 내동댕이쳤다.

"후후후. 소란아, 어떠냐. 본 소도주의 힘이 이 정도다. 과거의 죄는 묻지 않겠다. 이리 오너라."

"······!"

은소란은 온몸에 벌레가 지나가는 것처럼 근질거렸다.

그것이 살기라는 것을 그녀가 알 리 없었다.

그러나 거부하는 즉시 해빈의 태도가 돌변할 것이라는 건 본능적으로 알 수 있었다.

대답을 주저하며 위지무를 쳐다봤다.

제제는 몸을 일으키고 있는데, 남자라는 사람이 일어나지도 못하고 있었다.

"흑······."

괜스레 눈물이 났다.

자신 때문에 벌어진 일이라 여긴 것이다.

"벌주님, 괜찮으세요?"

제제는 고개를 흔들며 자신의 머리를 한 대 쥐어박았다.

툭―

"어이구, 너무 자신만만했어. 괜찮아."

은소란은 이제 어떤 대답이든 해야 했다.

"저는······."

그때였다.

띠잉―!

금음 튕겨지는 소리.

제제가 자리에서 벌떡 일어났다.

"북궁운혜!"

"왜 안 오시나 했어요, 제 소저."

맑고 편안한 음성이 해빈과 정반대쪽에서 들렸다.

단정이 그녀의 뒤에서 지켜보고 있었다.

"저놈 때문에 늦었어. 뭐 하러 왔어? 금방 갈 텐데."

"호호호. 걱정이 돼서 왔죠, 왜 왔겠어요. 제 금음이 필요하지 않으세요? 삼황과 삼선의 후예들한텐 제법 잘 먹힌답니다."

"그래?"

"그럼요."

제제는 짐짓 인심 한 번 쓴다는 표정을 지었다.

"한번 튕겨봐."

은근히 장난기까지 섞은 목소리였다.

북궁운혜는 제제가 이렇게까지 대해주는 것을 보고 속으로 긴장을 늦추지 않았다.

'내 금(琴)을 한번 튕겨보라는 말은, 저분들이 도와줘도 힘들었다는 뜻인데… 새로 제작한 칠현금이 제 몫을 다해줄지 모르겠구나.'

따라라앙— 따당—!

제제의 투명한 백색 소수와 곽명의 뇌전과 같은 이기어시가 금음에 따라 해빈을 향해 날아갔다.

"아직 소란이의 대답을 듣지 못했단 말이다! 꺼져!"

츠츠르르룻—!

붉은 혈린이 북궁운혜, 제제, 곽명, 단정을 한꺼번에 휘감았다.

그때, 들려온 위지부의 반가운 음성.

"우헤! 지랄을 해라. 잠시 우쭐하는 것도 좋지만, 너무하면 쌍판떼기를 휘딱 날려 버릴 테니까!"

해빈의 외침을 한마디로 무색하게 만든 목소리를 향해 은소란이 큰 소리로 외쳤다.

"무랑, 조심하세요!"

해빈은 소태 씹은 표정이 되어 날아오는 위지무를 쏘아봤다.

"넌 나중이야!"

척.

은소란의 외침에 힘입어 신이 난 위지무의 신형이 거짓말처럼 멎었다. 해빈의 기세에 당한 현상이었다. 이럴 때는 다른 도리가 없었다, 스스로의 힘으로 뚫는 수밖에.

"이까짓!"

막 위지무가 구유음양수로 기세를 찢으려 할 때였다.

"악!"

누군지 확인할 수 없으나, 여인의 목소리가 들렸다.

"누구……!"

고개만 돌려 은소란, 제제, 북궁운혜를 차례대로 봤다.

바닥에 제제가 북궁운혜를 안고 있었다.

혈린을 막지 못한 사람은 제제였다. 하지만 북궁운혜가 칠현금으로 떨어지는 충격을 감소시켜 준 것이다.

문제는 정작 북궁운혜 본인은 자신을 공격하는 혈린에 무방비가 되고 말았다. 당연히 엄중한 상처를 입게 됐다.

단정이 급히 북궁운혜 곁으로 가는 모습이 보였다.

"익!"

뚜그각― 화르륵―

상반된 두 가지 색의 기운이 위지무의 몸에서 흘러나왔다.

하나는 백색, 다른 하나는 붉은색.

해빈은 코웃음 쳤다.

"그따위 잡술로는 나의 옷자락 하나 건드릴 수 없다."

"그럼 이건 어떠냐! 청룡!"

단정의 푸른색 주먹이 해빈을 향해 곧장 날아왔다.

제제는 북궁운혜의 손을 꼭 잡았다.

뒤에 서 있던 은소란이 다가와 제제를 안았다.

"괜찮을 거예요, 벌주님."

"이 여시는 왜 이런 짓을 한 거야!"

악성을 좋아하는 마음을 같은 여자로서 모를 리가 없었다.

한 번쯤은 먼저 말을 하게 해주지.

마벌을 뒤에서 도와준 것도 알고 있었다.

속에서 불덩이가 마구 튀어나오려 했다.

삼마군이 강시가 되어 사망적혈전에 왔을 때도, 북궁운혜는 단정과 단파만을 데리고 싸웠다. 제제는 결코 삼마군을 향해 손을 쓰지 못했을 테니까.

나중에 그 얘기를 듣고서 얼마나 고마워했던가.

그러나 그 때문에 더 멀리한 까닭도 있었다.

"넌… 니 인생도 없니? 왜 그렇게 살아!"

피식.

북궁운혜가 사람 좋은 얼굴로 또 웃는다.

"웃음이 나오냐!"

제제는 속마음과는 다르게 화를 내고 말았다.

그렇게 하면 화를 내기 위해서라도 일어날 테니까.

지켜보는 은소란만 안타까워서 어쩔 줄 몰랐다.

위지무가 힘을 내도록 곁에 있고 싶었다.

소중한 사람을 잃는다는 것이 어떤 마음인지 안 까닭이다.

'무랑……'

제제와 북궁운혜가 빠졌음에도 싸움은 치열했다.

명무상까지 가세하자, 해빈은 끝내 마지막까지 몰리고 말았다.

역시나 추한 인간.

"명무상, 사부님을 봐서라도 당신이 이러면 안 되지!"

명무상은 해빈을 향해 침을 뱉었다.

"퉤! 너는 죽으면 반드시 입을 꿰매서 태워 버리고 말 것이다!"

"안 돼!"

해빈은 자신이 만들어낼 수 있는 만큼의 힘을 끌어올리기는 했으나, 정작 끌어올린 힘을 사용할 방법을 알지 못했다.

추성이 전해주려던 마지막 힘을 받지 못해서란 생각은 애초에 하질 않았다. 오히려 빨리 전해주지 않은 추성을 원망하며 화를 냈다.

"미리 전해줬으면 이런 수모를 당할 필요가 없잖아, 이 추가 늙은이 야!"

명무상은 자신의 비차로 해빈의 목을 그었다.

떵―!

질긴 생명이었다.

"죽어서도 란매는 절대 생각하지도 마!"

위지무의 구유음양수가 만들어낸 거대한 류이 해빈의 목을 파고들 었다.

"헥헥… 지, 징그러운 놈… 주군께선 정말 대단… 헥헥. 이런 놈들을 계속… 해치우신 건가. 헥헥……."

위지무의 머리에선 피가 흘러내렸고, 어깨와 손가락은 굳어가고 있었다. 그나마 간신히 움직일 수 있는 건 두 발이 아직까지는 멀쩡하기 때문이다.

해빈의 꺼져 가는 눈이 은소란을 좋아하냐고 묻는 것 같았다.

"헤헤. 그런 건… 좋으냐고 묻는 게 아니야, 병신아. 사랑하냐고 물어야지. 당연히 내 대답은 '응'이다. 쿠케케. 사랑하지 않고서 미쳤다고 이렇게 죽을 고생하겠냐, 이 쓰레기더미야."

쓰레기는 바닥에 있어야 했다.

털썩—

명무상은 바닥에 떨어진 해빈의 시체에서 눈을 떼고는 위지무의 어깨를 두드려 주었다.

탁탁.

"으악! 아프잖아, 썅!"

명무상은 '뜨악' 한 표정으로 말을 더듬었다.

"이, 이 미친……."

이런 상황에서는 서로 수고했다는 한마디가 예의였다.

명무상은 위지무의 싸가지 없음에 고개를 젓고 말았다.

"죽을 고생하고 기분 더럽기는 또 오랜만이군."

그때, 아래쪽에서 은소란의 외침이 들려왔다.

"무랑!"

한 손으로 종아리까지 걷어 올린 아름다운 선녀가 달려오고 있었다.

"헤헤헤……."

위지무는 그 모습을 보자, 죽었다 해도 여한이 없을 것 같았다.

＊　　　＊　　　＊

해빈, 한 사람이 끼친 피해는 엄청났다.

그러나 행렬을 잇는 사람들의 표정은 더없이 밝았다.

해빈은 그들이 지금까지 살아오면서 봤던 어떠한 고수보다 강했다. 그런 고수를 자신들이 모시는 사람들이 물리쳤다.

어떤 물리적인 요인보다도 강렬한 충성심이 생기지 않을 수 없었다. 특히, 말도 많고 어수선한 위지무에 대한 평가는 극에 달했다.

마지막 마무리를 그가 했기 때문이다.

"구유마제(九幽魔帝) 위지무 대협께선 원래 강한데, 주군과의 약속 때문에 그동안 실력을 드러내지 않으셨다며?"

"정말?"

"그렇다니까! 한동안 무림을 떠나셨는데 생각해 보니까, 이게 아니더래. 그래서 다시 나왔더니, 무림이 어수선한 거야. 정리하기로 마음먹은 지 얼마 안 됐다고 하시던걸?"

"히야……."

"그런데… 더 대단한 게 뭔지 알아?"

"뭔데?"

"구유마제 위지무 대협보다 우리 주군께선 백배는 더 강하시다는 거 아냐."

"에이, 그런 분이 왜 나타나지 않으시는 건데?"

"쯧쯧쯧. 나도 머리가 있는 놈이야. 다 물어봤지."

"엇, 그래?"

"구유마제께서 말씀하시길."

"하시길."

"이만한 일은 주군께서 나서실 필요도 없대."

"엑!"

"우리를 공격한 해빈이란 놈 정도는 벌써 수십 명이나 없애셨다고. 에휴, 우린 언제 그렇게 되나."

"에휴……."

행렬을 따라 움직이는 무인들은 푸념을 늘어놓으며 길을 서둘렀다.

빨리 가야 무공을 한 번이라도 더 익힐 것이 아닌가.

선망(先望)이란, 바로 이럴 때를 위해 존재하는 모양이다.

＊　　　＊　　　＊

태양이 작은 모래 언덕 뒤를 보기 위해 고개를 내민다.

풍은진은 걱정스런 눈으로 운기 중인 백리천의 곁에서 가만히 앉아 있었다. 빛을 피해 옆으로 움직여도 충분할 것 같은데도 방해가 될까 봐 가만히 있었다.

백리천은 그녀와 함께 움직이는 동안에는 따로 수련한 적이 없으면서도 하루가 다르게 강해지고 있었다.

차랍을 죽인 수법은 감탄을 금할 수 없게 만들었다.

아름다운 주홍색 빛이 차랍의 몸을 꿰뚫는 순간, 풍은진은 자신도 모르게 박수를 치고 말았다. 그 이후로 거의 두 시진을 움직이지 못하고 있었다.

백리천의 얼굴이 그렇게 평온할 수 없었다.

이윽고 백회혈에서 나온 연기가 백리천의 콧속으로 빨려 들어갔다.

"후읍……."

"천… 음음. 어느 정도 회복됐나요?"

"구 할 이상 회복했소."

풍은진은 잠시 말을 하려다 주저했다.

"저… 그자를 죽인 마지막 수법은 뭐였죠?"

천생 무인의 집안에서 태어난 여자였다.

그녀의 입에서 천랑이란 말이 쉽게 나오지 않는 걸 백리천이 왜 모르겠는가.

질문이 끝나길 기다렸다가 화제를 바꾸기 위해 되물었다.

"내가 처음 그대를 봤을 때 했던 말을 기억하오?"

"처음 봤을 때… 모르겠는데요."

"후후. 대공을 만난 후, 한 가지를 깨달았소."

"그게 뭐였죠?"

"대공을 이기려면 내공이 아무리 높아도 불가능하오. 기척도 없이 심장을 도려내는 그의 공격이야말로 완벽한 최고의 내공이라 할 만하니까."

"최고의 내공……."

그녀도 인정하는 말이었다.

그러나 차랍 역시 내공만 따진다면 백리천에 비해 크게 뒤진다는 생각은 하지 않았다.

"그자도 내공은 강했어요. 이기어시로 착각하게 해서 방심을 유도한 것도 좋았고요."

"맞소. 그 순간을 이겨낸 것이오."

"그… 순간?"

"아버님께 배운 무공 중에 적룡천하란 초식이 있소. 각법이오."

"각법? 천… 음."

"아직도 이름을 부르기가 어색한가 보군."

"아니에요. 천랑이 펼친 무공은 각법이 아니었어요. 검, 분명히 검이었다구요."

백리천이 잠시 대답을 하지 않았다.

무공에 대한 설명 때문인지, '천랑'이란 말 때문인지는 몰라도 싫지 않은 기분이었다.

"후후후. 듣기 좋군."

풍은진의 얼굴이 살짝 붉어졌다.

백리천은 웃으며 말을 이었다.

"각법을 검법으로 바꾼 것이오. 내가 익힌 무공은 모두 세 가지였소, 지금에야 모두 하나의 원류에서 나왔다는 걸 깨달았지만."

"원류? 잘은 모르지만, 뭔가를 깨달은 거네요. 축하해요, 천랑."

"아직은 축하받을 때가 아니오, 두 고개나 넘어야 하니까. 당장 저 앞의 고개부터 넘을 수나 있을지 모르겠소."

두 고개란 악성과 대공을 가리킨 말이었다.

문득 풍은진은 욕심이 들었다.

'천랑과 내가 합공을 하면?'

모용린에 대해 누구보다 잘 아는 그녀가 순간적이라 해도 그런 가능성을 떠올렸다는 것 자체만으로도 놀라운 일이 아닐 수 없었다.

백리천이 그녀의 생각을 깨뜨렸다.

"준비하는 것이 좋겠소."

"예?"

"저 산만 넘으면 입구잖소."

"아!"

생각이 엉뚱한 곳으로 향하는 바람에 잠시 풍호를 잊고 있었다.

시간은 빠르게 지나갔다.

모용린은 모래 언덕에 검을 만들었다가 부수기를 반복했다. 그 시간은 점점 빨라졌고, 지금은 한 시진도 안 돼서 검이 만들어졌다.

옆에서 지켜보는 풍호는 그가 검을 만드는 횟수가 늘어날수록 점점 안색이 어두워졌다. 처음에는 몰랐으나, 이제는 그가 왜 모래 언덕에 검을 만드는지 이유를 알 것 같았기 때문이다.

'저자는 지금 자신이 익힌 것을 형상화시키고 있다. 주체할 수 없는 내공을 지니고 있으면서 일부러 손에 모래를 묻힌다. 누가 저 모습을 보고 심검의 경지에 오른 고수라고 생각하겠는가. 아직도 시험할 것이 남은 게야. 허! 저런 자를 누가 상대할지…….'

풍호는 그의 곁에 있는 것만으로 점점 두려워지고 있었다.

그러나 그를 상대하는 사람을 보고 싶은 것도 사실이다.

긴 한숨과 한께 모용린이 자리에 앉았다.

"……!"

풍호는 어처구니없는 모습을 보고 말았다.

그의 이마에서 땀이 흐른다.

농부처럼 일 끝난 시간을 즐기는 모습이었다.

벌써 증발했어야 할 땀은 여전히 그의 이마를 타고 흘러내렸다.

"괴… 물……."

풍호도 땀을 흘리지 않는가. 아니, 강기 무공을 익힌 사람이라면 누구나 그럴 수 있었다. 그보다 높고, 높은 경지에 오른 사람이 땀을 흘린다.

풍호의 눈에 그가 인간으로 보일 리가 없었다.

그때였다.

너무도 듣고 싶은 목소리가 풍호를 불렀다.

"할아버지!"

"……!"

항상 낚시에 열심히 할아버지한테 점심을 갖다 주던 착한 손녀의 목소리를 어찌 잊겠는가.

돌아보기 겁났다.

모용린이 함께 보고 있다는 생각 때문이다.

"손녀가 부르잖은가. 후후후."

"손을… 안 쓸 생각이오?"

"그토록 기다리는 사람이 오고 있는데, 왜 엉뚱한 곳에 힘을 쓰겠는가. 가서 만나보시오."

'은진이와 함께 오는 사람을 가리키는 말인가?'

풍호는 풍은진을 향해 최대한 빨리 달려갔다.

대공이 기다리고 있다는 걸 알려주기 위해서였다.

그러나 백리천과 풍은진이 모습을 완전히 드러낸 순간, 실망하고 말았다.

"자네는!"

"할아버지!"

풍은진이 풍호의 품에 안겼다.

“그래그래, 은진아, 고생 많았다.”

“할아버진 무사하세요?”

“그래. 자네는 또 보는군. 왜 또 왔나?”

“할아버지, 천랑을 아세요?”

“천랑?”

백리천은 그동안 조용히 있다가 인사를 건넸다.

“백리천입니다. 그때는 경황이 없어 제대로 인사도 못 드렸습니다.”

“지금 그게 중요한 것이 아니잖은가. 어쩌자고 이곳엘 또 왔어! 대공이 있다는 걸 모르나? 한 번 지고도…….”

듣다 못한 풍은진이 나섰다.

“그때와 달라요, 천랑은.”

“…….”

달라봐야 얼마나 다르겠는가.

일반인과 구별조차 힘들어진 모용린보다 달라졌겠는가 말이다.

굳이 설명하지 않아도 풍호가 왜 저런 표정을 짓는지 충분히 이해할 수 있었다.

결과적으로는 힘에 결정이 되리라.

백리천은 앉아서 쉬고 있는 모용린을 바라봤다.

“태평하군요. 그동안 좀 변하지 않았나요?”

대답을 기대하고 한 말은 아니었으나, 모용린은 순순히 응해주었다.

“흐음, 그런가? 잘 모르겠는걸?”

“그럼 곧 아시게 될 겁니다.”

풍호와 풍은진은 서로 시선을 교환했다.

풍호는 어쩔 수 없다는 듯이 고개를 흔들었다.

“대공, 이해하시오.”

모용린은 고개를 끄덕였다.

“손녀를 위해선데 뭘 못하겠소. 하나 군이 미안해할 필요는 없을 것 같군.”

“……?”

“그가 오고 있소.”

“그?”

“악성 말이오.”

세 사람은 동시에 부르짖었다.

“악성!”

*   *   *

대평원은 이제 얼마 남지 않았다.

악성의 손짓은 여전히 계속되고 있었다.

“훅…….”

이젠 힘을 주어야 손을 간신히 휘젓는다.

그만큼 많은 시간 동안 춤 아닌 춤을 춘 탓이리라.

그러나 악성의 뒤쪽을 보라!

엄청난 소떼라도 지나갔는가?

깊게 파인 수십 개의 자국이 행렬처럼 이어져 있었다. 아니, 지금도 악성의 뒤쪽을 따라 계속해서 자국을 만들었다.

한 가닥 한 가닥 흘러나온 진기들이 악성의 주위를 떠나지 않으면서 일어난 현상이었다.

회초리 한 개는 쉽게 부러지지만, 열 개, 스무 개가 모이면 부러뜨리기는 쉽지 않다.

악성의 손짓이 그랬다.

수십, 수백 개의 가닥이 매달려 있는 상태기에 움직임이 쉽지 않은 것이다.

그러나 악성은 전혀 개의치 않았다.

무겁든 가볍든 계속해서 허공에 선을 그었고, 앞으로 움직였다.

상상은 곧 허공에 표현됐고, 이내 가닥가닥 흩어진 채 다음 명령을 위해 뒤쪽에 머물러 있는 진기들과 하나가 되어갔다.

어느 순간,

뚝.

악성의 움직임이 완전히 멈추었다.

후스슷—

뒤쪽에 쌓여 있던 진기들을 일시에 풀었다.

사방 몇백 장 안에는 사람이 없었다.

더 먼 곳에서 보내오는 신호였다.

거대함… 묵직함… 일체의 변화를 무시한 단순함까지.

형체가 느껴졌다면 실체를 알 수 있었겠지만, 악성의 손짓처럼 뜻만 전해지고 있었다.

"후우⋯⋯."

악성은 흠뻑 젖은 옷을 엄지와 검지로 툭툭 털어서 바람에 넣고서 북쪽을 쳐다봤다.

"그도 느끼고 있었나?"

백리천은 지독한 모멸감에 몸을 부들부들 떨었다.

움직일 수가 없었다.

"이건 말도 안 돼……."

움직일 수 없기는 풍호와 풍은진 역시 마찬가지였다.

풍호는 탄식을 터뜨렸다.

"이미 인간의 한계를 넘은 자야."

"할아버지, 무슨 말씀이세요. 제가 떠나기 전만 해도 이 정도는 아니었어요."

"저 정도의 고수한테 시간이 무슨 소용이 있겠느냐. 그는 이미 완벽하게 대평원과 동화된 모양이다."

"대평원과요?"

"그렇지 않고서는 주군께서 오시는 걸 어찌 알았겠느냐."

풍은진은 대평원과 일치되기 위해서는 어떻게 해야 할지에 대해 생각하다가 고개를 휙 돌리며 소리쳤다.

"주, 주군!"

"저자가 기다리는 사람이 바로 할아비의 주군이시다."

"무혼지주!"

끄덕끄덕.

능력의 한계를 절감하던 백리천이 급기야 허탈한 웃음을 터뜨리고 말았다.

"지금 악성, 그 친구가 어르신의 주군이라고 하셨습니까?"

"친구?"

"후후후. 제가 유일하게 목표로 삼았던 친구죠."

"주군을 목표로 삼다니… 불가능한 목표를 가졌었군."

“……!”

“대공은 이미 심검을 펼칠 수 있는 사람이네. 그런 자가 주군의 기를 느꼈다는 게지. 그 의미가 뭐라고 생각하나? 주군 역시 저자와 마찬가지의 경지에 들어섰다는 뜻이 아닐까? 허허허.”

“……!”

백리천의 안색이 하얗게 질려갔다.

그토록 노력해서 삼극무황의 진전을 얻었는데 대공이란 이름을 가진, 손도 쓰지 못할 강자가 나타났다.

마마천황의 후예 중 한 명이란 자가 나타나 정천과 암황무적군단을 유린하던 때와 비슷했다.

그때, 악성이 제제란 미녀와 함께 백리천의 앞에 나타났다.

도저히 상대할 수 없을 것 같은 자들을 당당하게 상대했다고 하더니, 정천까지 정말로 무사히 돌아왔다.

정천에서 두 사람을 봤을 때와 지금이 뭐가 다른가.

당사자가 있고, 없고의 차이일 뿐, 똑같았다.

사람은 누구나 정해진 운명이 있다고 했던가?

“크크크!”

백리천의 기묘한 웃음소리에 풍은진이 돌아봤다.

“천랑…….”

“가만… 그냥 내버려 두시오. 저자는 지금 우릴 보고 있지 않소. 너무 화가 나 미칠 지경이오.”

꾹꾹 눌러 담은 감정이 고스란히 느껴지는 말이었다.

실제 모용린과 세 사람 사이에는 벽이 형성되어 있었다.

풍호가 모래에 발목을 붙들리고 하루 동안 꼼짝 못할 때와 똑같은 상황인 것이다.

'저 친구가 좌절하지 않아야 할 텐데.'

풍호는 풍은진의 안타까운 눈을 바라보면서 한숨을 내쉬었다.

그 외에는 달리 방법이 없기 때문이다.

악성은 다시 걸었다.

북쪽에서 느껴지는 예기는 일정한 간격을 두고 다가왔다.

싯—

보이는데 왜 부딪치겠는가.

몸을 흔들며 옆으로 피했다.

사라지는 예기에서 표정을 읽을 수가 있었다.

'호, 제법인데? 라는 듯한 얼굴의 날카로운 예기가 지나갔다.

다음 걸음을 걷기 위해 막 발을 움직이려 할 때였다.

상대의 반응에 일위기를 실어 보내면 어떨까?

무심코 든 생각이지만 못할 것도 없을 것 같았다.

기(氣)는 무형이다. 거기에 무언가를 싣는다는 건 있을 수도 없는 일이잖은가.

생각을 전환하면 얼마든지 가능했다.

악성의 뒤를 쫓아오던 수백 가닥의 진기들을 생각해 보라.

악성은 손을 휘저어 지나가는 예기를 끌어당겼다.

스륵—

황당하게도 날아가는 예기가 악성의 손을 향해 빨려왔다.

그 위로 한 가닥 진기를 올려놓고는 다시 놓아주었다. 그리고는 잠시 후에 돌아올 대답을 기다리며 발걸음을 옮겼다.

　　　　　*　　　　　*　　　　　*

까마득하게 먼 하늘에서 비명이 떨어졌다.

높이만 이십여 장은 족히 될 듯한 나무숲을 뚫고 떨어진 하늘의 비명은 곧장 한 남자의 귀에 파고들었다.

"헛!"

덜컹—

갑작스런 무인의 행동에 마부는 말들을 진정시키며 뒤를 돌아봤다.

"무슨 일이우!"

거렁뱅이는 아닌 것 같아서 태워줬건만, 이건 아니잖은가.

남자는 자신의 펄렁거리는 한쪽 소매 끝을 움켜쥐었다.

"아, 아니오. 잠시 꿈을……!"

휙.

그는 또다시 하늘을 바라봤다.

투덜거리는 마부의 불평은 이제 들리지 않았다.

아주 미미한 예기였다. 하지만 뇌정우 정도가 아니면 도저히 느낄 수 없는 강한 예기였다.

누군가 뇌정우의 경계 밖에서 싸우고 있음을 뜻했다.

'후… 드디어 싸움을 시작한 건가?'

악성을 떠올렸다. 그리고 대공을 떠올렸다.

두 사람의 싸움.

움찔.

몸이 떨릴 정도로 보고 싶었다.

그러나 현재의 그로서는 소외감만 갖게 될 뿐이리라.

그는 몸을 뒤로 뉘이고는 한 손으로 귀를 막고 다른 귀를 바닥에 대었다.

귀로 들은 소리가 아님에도 그 행동조차 하지 않으면 못 견딜 것 같았다.

덜컹덜컹—

'언제고 다시 보겠지.'

*　　　　*　　　　*

꿈틀.

모용린은 잠시 인상을 썼다가 금방 풀었다.

"푸하하."

악성의 행동이 마치 바로 앞에 있는 것처럼 모두 느껴졌다.

이런 기분은 처음이었다.

나이도 잊고서 두근거리는 가슴을 진정시켜야 했다.

흥분되는 이 느낌, 다가올수록 선명해지는 공기의 흐름.

악성을 처음 봤을 때와 똑같은 것 같으면서도 완전히 다른 어떤 것이었다.

미친 듯이 웃던 그의 얼굴이 금방 굳어졌다.

"건방져졌군. 이번에는… 응?"

무언가 다가왔다.

모용린이 보낸 기가 분명하지만 이질적인 기운을 품고서 되돌아온 것이다.

슥―

악성과 똑같은 움직임이었으나, 악성이 보낸 진기는 온순하지 않았다.

싯―

"오호!"

막 잡으려는 순간 모용린의 손바닥을 베고는 허공으로 흩어지는 것이 아닌가.

모용린은 자신의 이마를 때리며 웃었다.

"좋아, 좋아! 그새 용케도 이만큼이나 완성했구나."

손바닥은 멀쩡했다.

거대한 교룡의 꼬리처럼 매서웠으나, 그의 손바닥에 상처를 내기는 어려웠다.

"후후후. 장난이라……."

신이 났다.

그러나 그런 그를 바라보는 세 사람은 황당하기 그지없었다.

혼자서 웃다가 갑자기 심각해지더니, 이제는 어린애처럼 장난기까지 보인다.

풍호는 너털웃음을 터뜨렸다.

"허허허. 어떻게 저리 즐거워할 수가 있을꼬."

"할아버지, 저 사람… 미친 건 아니겠죠?"

"미쳐? 허! 우리는 곧 엄청난 광경을 목격할지도 모르겠구나. 천 년 전에는 조사께서 동주와 대공의 싸움을 보시더니, 이젠 너와 내가 보게 되는구나. 인연인 건가?"

"무슨 말씀이세요?"

"이보게, 자네는 느끼지 않나?"

백리천은 침묵으로 일관했다.

지금 다가온다는 사람이 정말로 악성일지, 다른 자일지도 모르는 상태에서 이러쿵저러쿵 하고 싶지 않은 탓이다.

보인다.

기를 따라 왔으니 저곳 어딘가에 모용린이 있을 것이다.

'가능할까?'

이곳까지 오면서 줄곧 했던 생각.

모용린과의 첫 만남에서 느꼈던 그 충격을 고스란히 전해주고 싶었다.

아직도 주위에는 모용린이 뿌려놓은 기들이 머물러 있었다.

악성은 오른손을 들어 그것들을 끊어갔다.

허공을 베는 것이기에 소리는 나지 않았으나, 악성의 귀에는 선명하게 들려왔다.

똑. 똑.

이리저리 뒤엉켜 있는 선들이 잘리며 내는 소리였다.

순서나 흐름이 없어 보이지만, 악성의 행동에는 이유가 있었다.

이곳까지 끌고 온 자신의 기와 새롭게 만들어낸 기를 묶어서 한 쪽 공간을 참(斬)하는 것이다. 이 수법을 모용린이 느낀다면 틀림없이 깜짝 놀라고 말리라.

응집체를 북으로, 또 다른 응집체를 북채로 사용하는 것은 말로는 간단할지 몰라도 모용린이 아니면 안 되는 능력 중에 하나였다.

"놈!"

모용린은 기꺼운 목소리로 공격을 받았다.

이렇게까지 빠르게 성장하는 사람이 있다는 것을 믿지 못해 뱉은, 기분 좋은 외침이었다.

스스슷—

신경이 한쪽으로 집중됐기 때문인가.

백리천 등을 막아서던 벽도 사라지면서 세 사람은 몸을 가누지 못하고 앞으로 쏠렸다.

풍은진은 급히 신형을 바로하며 모용린을 찾았다.

"앗! 대공이 사라졌어요!"

백리천과 풍호도 이미 알고 있었다.

풍호는 기다리지 않고 신형을 날렸다.

"자네는 이곳에서 은진이를 보호하고 있게."

"어르신!"

"할아버지!"

악성이 왔다는 확신이 생겼는데, 이곳에서 주저하고 있을 이유가 없잖은가.

모용린은 악성이 있는 곳으로 가다가 무의식적으로 손바닥을 긁었다. 가려워서 긁은 듯한 느낌과는 다른, 뭔가를 떼어내려는 듯한 동작이었다.

악성은 자연스럽게 서 있었다.

"왔습니까?"

담담한 음색.

땅으로 내려선 모용린이 오히려 약간은 상기된 듯했다.

그는 대뜸 질문부터 던졌다.

"몇 명이나 만나보았느냐?"

모용린의 말투가 달라졌다.

악성은 딱딱하지 않아 좋다고 생각했다.

"셋, 아니, 넷이라고 해야겠네요."

"누가 상대하기 가장 어려웠더냐?"

"하하하. 상대하기 어려운 사람은 없었습니다."

"그런 사람이 없었다고?"

"대공처럼 군이 일위강을 꺾겠다고 덤빈 사람이 없다고 해야겠네요."

"그건 또 무슨 말이지?"

"당신의 말만 듣고서 일위강을 깨뜨리겠다고 오는 사람들이, 일위강에 대해 뭘 알겠습니까? 그저 나한테서 당신의 환상이나 보려는 것뿐이었습니다. 후후후."

"기대 이상이구나!"

모용린은 진심으로 감탄했다.

이제야말로 심검을 펼칠 상대를 찾았다.

기뻐서 몸이 부들부들 떨렸다.

"시작해 보겠느냐?"

"이미 시작은 했습니다."

"……?"

"손이 간지럽지 않나요?"

"전혀."

“그럼 왜 자꾸만 손을 긁죠?”

모용린은 재빨리 자신의 손을 쳐다봤다.

붉은 선이 손금처럼 선명하게 보였다.

“……!”

“일전의 빚입니다.”

악성은 말을 마치고 나서 손을 펼쳤다.

슈왁―

아지랑이처럼 생긴 연기가 손바닥에서 빠져나오더니 천천히 모용린을 향해 다가갔다.

“……?”

모용린의 의아해하던 눈빛이 서서히 심각해졌다.

“이것은 혹시!”

“맞습니다. 부딪치지 않는 것이 현명한 처사입니다.”

이런 말을 듣고서 피할 모용린이 아니었다.

“재미있게 해준다는데 거부할 수는 없지.”

공교롭게도 다친 손으로 악성이 보낸 진기를 때렸다.

쭈― 왕―!

“헛!”

한 가닥의 진기와 모용린의 손에 묻어 있던 진기가 부딪치며 폭발을 일으킨 것이다.

쿠콰콰콰―!

폭발음은 한동안 계속됐다.

간단한 수인사처럼 시작된 싸움치고는 너무 엄청났다.

그러나 놀랄 일은 거기서 끝이 아니었다.

"흐흐흐. 정말 짜릿하구나."

먼지가 가라앉으며 드러난 모용린의 모습은 너무도 멀쩡했다.

악성은 고개를 끄덕이며 씨익 웃었다.

"역시 실망시키지 않으시네요. 하하하."

"나도 한 가지 준비한 것이 있는데 보겠느냐?"

"심검인가요?"

"아니."

"상관없습니다. 어떤 형태의 무공이든 보이기만 하면 되니까요."

멀리서 두 사람의 대결을 지켜본 세 쌍의 눈.

풍호는 감격해서 눈시울이 다 붉어졌고, 백리천은 절망감에 하늘을 쳐다봤으며, 풍은진만이 눈을 반짝이며 악성과 모용린을 번갈아 쳐다 봤다.

"정말 대단한 사람이네요. 대공을 저렇게까지 물러서게 만드는 사람이 있을 줄이야……."

그녀가 놓친 부분을 풍호가 덧붙여 주었다.

"소란아, 그건 아니다. 대공은 물러서지 않았다. 땅이 밀려난 것이지."

"땅이요?"

"저 두 사람한테는 이미 경계가 무의미해. 보거라, 대공이 뭔가를 꺼내려고 하지?"

"예."

"곧 어마어마한 광경을 보게 될지도 모르겠다."

"무슨……."

풍호가 말한 것은 모래 언덕에 만들던 검이었다.

과연 그 검을 악성이 막을 수 있을지.

드드드등─

거대한 울림과 함께 모용린이 날아온 곳에서 무언가 날아왔다.

검의 형상을 한 거대한 모래.

악성은 처음에는 의아한 눈으로 모용린을 쳐다봤으나, 이내 그 모래가 보통 모래가 아니란 것을 깨달았다.

그 자체가 바로 심검이리라.

낱알 하나하나가 검이리라.

심검이 저런 거대함이던가?

셀 수 없는 수많은 검의 집합체가 심검이던가?

악성으로서는 알 수 없었다.

그러나 한 가지는 느낄 수 있었다.

'자를 수 있다!'

손에서 빠져나온 한 가닥 진기가 아지랑이처럼 흐물거리며, 곧 일어날 일을 예시해 주고 있었다.

모용린은 이미 그곳에 없었다.

애당초 이 자리에 없었는지도 모르겠다.

자신을 대신 담은 모래가 하나도 남김없이 계속해서 악성을 향해 쏟아졌다.

츄리리리리릿─!

검은 비.

악성이 서 있는 공간이라고 해봐야 겨우 반 자 넓이였다.

정확히 그곳을 향해 날아오고 있는 것이다.

악성의 손과 일체되어 있던 아지랑이가 갈라지기 시작했다.

열, 스물, 서른… 백…….

눈으로 보이는 만큼 진기 역시 살아 있는 것처럼 갈라졌다.

그리고… 아주 짧은 소리.

스걱―!

검은 비가 그대로 악성을 덮었다.

멀리서 풍호의 외침이 들려왔다.

"주군!"

*   *   *

거대한 현판에 쓰여 진 황금빛 찬란한 '암황무적군단' 이란 이름이 번쩍거렸다.

과거와 달리 사람들의 발길이 끊이지 않고 이어졌다.

현재 무림은 새로운 체계로 움직이고 있었다.

정천과 암황무적군단.

그러나 새로운 체계라는 것이 좋지만은 않았다.

정천과 암황무적군단의 치열한 싸움을 기대하며, 어느 쪽으로 붙어야 할지를 걱정하는 이들이겐 말이다.

오늘도 두 곳의 정문을 지켜보며 눈치를 보는 사람들은 또다시 고개를 젓고 말았다.

"정천이 더 낫지 않아?"

"내 생각도 그래."

“가자고.”

지금까지 얼마나 고생했던가.

몸이 뚱뚱한 사내가 주저앉으며 소리쳤다.

“이봐, 제발 하나로 통일하자. 어딜 가든 똑같잖아. 정천주와 암황무적군단주가 친한데, 정파와 사파의 구별이 왜 필요하냐고!”

“그건 네가 모르는 소리야. 처음이 중요하다고.”

“맞아, 자네는 너무 단순해. 구파일방도 눈치를 보는 판국에 괜히 어설프게 시작했다가는 끝이라구.”

“난 몰라. 자네들이나 정천으로 가. 난 여기가 한계야.”

당연히 잡을 줄 알았던 모양이다.

급기야는 대자로 누워 버렸다.

그러나 한참을 기다려도 아무런 대꾸가 없었다.

“어이, 이… 쉐끼들!”

뚱뚱한 몸을 벌떡 일으켜 세워 쫓아가려는 순간이었다.

“헤헤헤. 제법 강단있는데? 너 마음에 든다. 따라와.”

느닷없는 목소리에 사내는 깜짝 놀라 뒤를 돌아봤다.

얍삽하게 생기려면 이렇게 생겨라.

일부러 눈을 납작하게 만들고, 머리는 약간 부스스, 없어 보이는 옷차림의 남자였다.

“뭐해.”

“저는 친구들과…….”

“마음대로 해. 구유마제께서 특별히 생각해 주려 했더만. 쯧.”

“구, 구유마제!”

“이름은 들어봤냐?”

“어, 어디 계십니까?”

“뭐? 니 앞에 있잖아.”

“에이, 무혼지주님의 오른팔이라고 하시던데요.”

“맞아.”

“음양경이란 무공으로 삼황과 삼선의 후예 중 한 명을 골로 보냈다던데…….”

“맞다니까.”

“에이…….”

자칭 구유마제라고 말한 남자가 처음으로 말없이 쳐다보기만 했다.

“니들이 먼저 시비 건 거야.”

“니, 니들이라뇨?”

“너와 니 친구들!”

“이곳엔 저만… 꾸엑!”

이런 식의 일과에는 너무 익숙해진 위지무였다.

지금 맞고 있는 자와 친구들까지 다 패버리면 또다시 정천과 암황무적군단의 싸움이 일어나겠지만, 그것은 어차피 오래가지 않는다.

악성의 한마디면 모든 것이 정리되기 때문이다.

사람들은 모르지만, 정천주인 북궁운혜와 암황무적군단주인 제제가 악성의 부인들이었다.

베일에 가려진 무혼지주.

사람들은 무혼을 무혼지주의 부인으로 알고 있었다.

“풍노, 가서 좀 말려요.”

“예, 주군.”

그때였다.

안으로 들어오던 제제가 웃으며 말렸다.

"호호호. 지 생긴 건 생각하지도 않고, 하는 짓이 저러니 무시를 안 당해요? 풍노, 그만두세요. 나중에 동생과 한 판 하죠, 뭐."

동생은 북궁운혜였다.

그녀는 해빈과의 싸움 이후에 제제와 급격히 친해졌다.

악성이 그녀를 받아들이도록 설득한 당사자가 바로 제제이기 때문이다. 그래서 지금도 제제의 말이라면 꼼작도 하지 못했다.

"그나저나 왜 안 되지?"

"뭐가요, 악랑?"

"미안을 전해줄 때, 좀 더 자세하게 하려면 일위기의 원리를 좀 고칠 필요가 있어서 연구 중이거든."

제제는 그럴 줄 알았다는 표정으로 책을 덮었다.

탁—

"엇, 왜 이러는 거요."

"오늘 동생이 온대요. 어딜 놀러가자고 하는데, 세상이 너무 어수선해서 위험하잖아요. 악랑이 우릴 좀 보호해 주세요."

"풍노……."

"악랑!"

"잠시 다녀올 테니, 위지무 좀 설득해 주세요."

풍호는 그 모습에 너털웃음을 터뜨렸다.

가장 평범함이 가장 비범하다는 것을 누가 알겠는가.

악성이 나가고 나서 책상 위에 올려 진 책자를 보았다.

우주의 중심은 언제나 흐름을 맡고 있는 축이 된다. 이는 곧 형식과 시간이며, 수련의 방법이며, 근원의 시작이다. 인간과 인간, 천지와 자연, 소우주의 변화와 발전이 여기서 시작한다 하겠다.

그러나 이들은 자연스럽게 서로 돕고, 이루며, 하나의 도를 이루어 간다. 이것이 바로 계통이며, 완전이며, 원리인 것이다.

일위강은 내공이란 개념과는 다르다.

공(功)을 만드는 요소로는 신(神), 혼(魂), 지(志), 영(靈), 정(精)이 있으나, 이들은 개별적으로 이해할 필요는 없다. 하나가 아니라, 서로 연결된 일종의 유기체기 때문이다. 이중 하나가 생성되면 나머지는 알아서 일어난다.

인체란 우주 속에 존재하지만, 우주에 귀속된 종속물만은 아니다. 성장하고 쇠하며 순환하여 또 다른 우주를 만들기 때문이다.

그것이 원리이다.

…(중략)…….

생생불멸(生生不滅)하고 변화일체(變化一體)하니, 불멸이 곧 일체이며, 무궁이다. 또한, 생생은 서로를 제약하며 영향을 주기에 멈춤이 없고, 일체는 하나가 되려 하나, 평형이되 평형이 아닌 불균형의 균형을 가져온다.

불균형의 신체는 병을 야기하나, 신체의 내외로부터 받아들이고 내보냄을 순리에 따르면, 불균형 속에서 평형을 이루게 된다.

평형이 깨지면, 불균형이다. 그러나 새로운 평형이 만들어지는 균형의 시작이기도 하다. 따라서 한층 더 고차원적인 평형을 위해 신체는 진화하게 된다.

이러한 과정 중에서 신체는 무의식적으로 지배 공간을 넓혀간다.

결과적으로 일위강은, 평형과 불균형을 자유자재로 일으키고, 소멸시킬 수 있어야 얻을 수 있다.

　평형이 유지되면 불균형을 일으켜 깨우고, 불균형이 여러 군데서 동시다발로 일어나면 소멸시켜야 하고, 주체적으로 초월할 능력을 지닌 상태로 지배하는 곳까지 도달해야 한다.

　이 원리를 더 세분화시킬 수 있다면…….

　"주군이시라면, 더 쪼개실 수도 있지 않을까? 허허허!"

　웃는 풍호의 귀로 악성의 가느다란 전음이 들렸다.

　"풍노, 가능하겠죠? 어차피 국자는 국 맛을 모르잖습니까. 국 맛을 아는 사람이 언젠가는 완성할 겁니다. 하하하!"

　'국자는 국 맛을 모른다?'

　여전히 알 수 없는 악성이기도 했다.

『終』

청 어 람 판 타 지 장 편 소 설

『비커즈(BecaUse)』를 초월한
신개념 스타일리쉬 판타지의 재림!

손제호 판타지 장편 소설

러쉬 / 손제호 지음

단언한다!
이제부터 러쉬(Rush)의 시대다!

Rush : 돌진[맥진]하다. 쇄도하다. 돌격하다. 급습하다.

손제호 특유의 럭셔리 스타일!
누구도 넘볼 수 없는 기발한 상상력의 압승!
잘 버무려진 유쾌한 웃음과 명쾌한 즐거움의 조합!

2004년 최고의 화제작 『비커즈(BecaUse)』를 탄생시킨,
이 시대 최고의 스타일리시 스페셜리스트 손제호의 최신 역작!

무한 상상·공상 세계, 청어람 신무협&판타지

『신마대전』, 『투마왕』의 작가 김운영
세간에 화제를 불러온 최신 기대&화제작!!

흑사자(黑獅子) / 김운영 지음

세상에는 수많은 강자가
존재한다.

『흑사자』
(黑獅子)

한 자루 검으로 거대한 마물을 능히 상대할 수 있는 소드 마스터.
마나를 자유롭게 다루어 온갖 신비한 힘을 발휘할 수 있는 대마법사.
신의 선택을 받아 기적 같은 신성력을 행하는 고위성직자.
단신(單身)으로 국가의 운명에까지 영향을 미칠 수 있는 자들도 있다.
그러나 이들도 어렸을 때에는 약했다.

인간인 이상, 태어나서 십몇 년간은 성인의 힘을 이길 수 없다.
강해진 자들은 하나같이 오랜 세월 동안 남들이 이해하기 힘든
노력과 경험을 쌓아온 자들이다.

그러나 난 달랐다. 난 어렸을 때부터 강했다.
내게는 그 어떤 수련도 경험도 필요없었다.

난… 사자다.

청 어 람 게 임 판 타 지 소 설

인터넷 인기 짱! 게임 소설계를 긴장시키다!

현실과는 다른 또 하나의 세상,
New World에 당신을 초대합니다!

마존전설 / 목형 지음

소년이여, 지존이 되어라!

울트라 미라클 극악 마녀 누나들로 인해 나날이 피골이 상접하던 어느날,
현실의 독립을 쟁취하기 위해 현실과도 같은 또 하나의 세상
New World에 뛰어들고만 어벙한 미소년, 수한!

GM(Game Master)과의 눈알 튀고 사지가 후들거리는 피 튀기는 대립!
몹과 유저 사이를 넘나들며, 게임 세상을 어지럽히고 황폐화시키느라
온갖 고초와 고난, 역경이 닥쳐와도, 그는 꺾이지도 좌절하지도 않는다!
오로지 지존을 향한 필살 광랩과 초 레어 득템의 기연(奇緣)만 호시탐탐 노릴뿐!